Varia / Feltrinelli

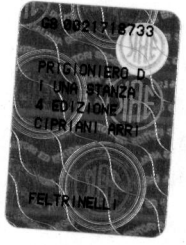

ARRIGO CIPRIANI

PRIGIONIERO DI UNA STANZA A VENEZIA

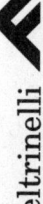

Feltrinelli

Stampa L.E.G.O. S.p.A. Stabilimento di Lavis - TN

ISBN 978-88-07-49089-7

www.feltrinellieditore.it
Libri in uscita, interviste, reading,
commenti e percorsi di lettura.
Aggiornamenti quotidiani

razzismobruttastoria.net

Dedico questo libro ai miei amici prigionieri
Clemi del Castelletto
Dino di Silea
Procida di Spercenigo
Sergio di Bebel a Milano
Gianni Altra isola a Milano
Ai Rampazzo del Pedrocchino di Campodoro

Introduzione

Sono nato nel 1932. A scriverlo non sembra molto importante. E invece lo è.

Con questo non voglio dire che appartengo a una classe di ferro. Di solito non sopporto le persone che proclamano questa appartenenza con orgoglio. Forse lo fanno un po' per prendere in giro la propria debolezza.

Il 1932 è stato un anno bello più per quelli che sono morti che per quelli che sono nati. Tanto per cominciare c'era ancora la recessione americana, Hitler aveva iniziato le esercitazioni per diventare l'imperatore del mondo e Mussolini gonfiava il petto di ritorno dalla marcia su Roma e tutte le altre cose. Non era proprio un anno fantastico per nascere. Neanche per sogno.

Sono nato nel mese di aprile, cioè sotto il segno del Toro, che è una cosa che non ho mai capito, dico, che differenza fa se uno è Toro o Pesci. Fra l'altro ho rischiato per soli due giorni di essere Ariete, che pare sia uno dei peggiori segni zodiacali dell'universo. Non so ancora perché.

Mio padre aveva aperto l'Harry's Bar nel maggio del 1931, ma già nell'agosto dello stesso anno, siccome era uno che non riusciva mai a star fermo, pensava al suo successore; non da sobrio, perché le idee gli venivano soprattutto dopo aver bevuto un paio di bicchieri, e anche tre. Raccontava mia madre che la notte del mio concepimento aveva alzato il gomito a tal punto che la prima cosa che fece alla mia nascita fu contarmi le dita dei piedi e delle mani per vedere se per caso tutto quell'alcol non me ne avesse fatte spuntare ventidue o ventitré. Invece avevo venti dita, cinque per quattro, tutto normale. Però poi durante la fanciullezza caddi malato di tutte le malattie che allora erano conosciute e compagnia bella, anzi, un paio di volte mi curarono una malattia invece di un'altra sconosciuta rischiando di farmi fare marcia indietro a tutta forza.

L'elenco dei mali dei quali ho sofferto dal giorno della nascita fino all'età di tredici anni riempirebbe un intero manuale di medicina pediatrica.

Mia madre mi diceva che ero nato con l'itterizia. Ma quello fu solo l'inizio, perché con la crescita, oltre a tutte, ma proprio tutte, le malattie esantematiche, ho collezionato la nefrite da tonsille infiammate, una peritonite da lassativo datomi da un medico in presenza di un'appendicite acuta, uno sfregamento pleurico e l'epatite non so se A o B. E tutto quanto.

Ecco perché credo che qualcuno mi abbia concesso una grazia speciale.

Da ragazzo ero talmente pallido ed emaciato che i maestri, per paura che morissi in classe, preferivano mandarmi a casa a metà mattina.

Il bello è che tutto sommato mi sentivo abbastanza bene, anche se ammetto di non essermi mai rifiutato di tornare a casa da scuola con una giustificazione ufficiale assicurata.

L'unico vero tormento di quegli anni era sedermi a tavola a mangiare.

Non era solo questione di inappetenza, ma anche di una vera e propria nausea che mi assaliva ogni volta che mia madre mi presentava un piatto colmo dei cibi che lei riteneva essenziali per la mia malferma salute.

A quell'epoca le intolleranze alimentari non erano state ancora inventate, così la mia genitrice, senza sapere che mi faceva rischiare la vita, dava inizio alla mia giornata gastronomica alle otto del mattino facendomi ingurgitare un'enorme tazza di mollica di pane inzuppata nel caffellatte che, per via di un'intolleranza ai latticini, rimaneva a gorgogliarmi nello stomaco fino all'ora di colazione.

A casa, l'aperitivo dell'una era un bel cucchiaio colmo fino all'orlo di olio di fegato di merluzzo, che un medico con istinti sadici aveva assicurato essere il rimedio universale contro tutti i malanni conosciuti e sconosciuti.

La pietanza era quasi ogni giorno un gran piatto di fegato di vitello crudo e macinato, insaporito con il succo di un limone. Se riuscivo a sopravvivere a questo supplizio, come premio di fine pasto mi veniva riservato un tremolante budino fatto con latte e riso stracotto. Riuscivo a mangiare, si fa per dire, solo immaginando gare automobilistiche nelle quali i corridori erano il coltello, la forchetta e il cucchiaio, che spingevo in giro per la tovaglia mentre ruminavo in bocca, spostandolo da sinistra a destra, per un tempo interminabile, un bolo alimentare formato da un insieme di tutte le pietanze che non riuscivo a mandar giù.

Che mi venga un colpo.

La decisione di farmi vivere per oltre una cinquantina d'anni praticamente chiuso in una stanza chiamata Harry's Bar venne più tardi, quando mio padre scartò a uno a uno con sarcastici commenti le migliaia di mestieri diversi che avevo in mente di fare. Mettermi all'Harry's Bar fu un ripiego, anche se il mio nome, Arrigo, ebbe nella decisione un bel po' di peso.

Ho intitolato quanto ho scritto finora "Introduzione". Però avrei potuto anche chiamarlo "Prefazione", e l'unica ragione per la quale non l'ho fatto è che di solito le prefazioni non le legge nessuno, salvo quelle che introducono per esempio un libro di filosofia e che spesso io mi sono sforzato di leggere, non solo senza capirne niente, ma uscendone deciso a non andare una riga più avanti. La prefazione è sempre un po' slegata da tutto il resto, e se poi la scrive uno che non è l'autore del libro, riesce sempre a darne un'interpretazione personale che non è necessariamente quella che potrebbe farsi il lettore nella sua testa. Che mi venga un colpo.

Ecco perché ho chiamato "Introduzione" il primo capitolo, anche se, effettivamente, mi rendo conto che è un'introduzione un po' sui generis. Adesso spero che siate interessati a conoscere l'altro pezzo della mia vita. Quello in cui sono stato prigioniero in una stanza.

Fine dell'Introduzione, o Prefazione.

Uno

Mio padre e credo anche mia madre mi avrebbero chiamato Harry in onore dell'Harry's Bar se, nell'anno XI dell'Era Fascista, i nomi anglosassoni non fossero stati proibiti ai nuovi nati, così Arrigo fu un ripiego imposto dai tempi. Sono l'unico uomo al mondo che ha avuto il nome da un bar. Sfido chiunque a trovarne un altro.

Da cinquantacinque anni, forse di più che di meno, sono prigioniero di quella Stanza, come la battezzò un giorno il professor Folin. Come succedeva tre o quattro volte la settimana, il professor Folin era seduto a uno dei piccoli tavoli, si volse verso di me e mi chiese:

"Che cosa c'è in questa Stanza?".

Il professor Folin è stato per molti anni il magnifico rettore dello Iuav a Venezia; si potrebbe quasi dire che è stato rettore a memoria d'uomo tanto è vero che, da quando per sua volontà ha lasciato la carica, il suo nome viene sempre preceduto dal titolo di "ex rettore".

Credo che abbia deciso di passare il testimone a un collega quando ha realizzato che quel percorso della sua vita aveva ormai consumato l'inesauribile, continua e incuriosita voglia di inseguire la felicità.

Ed è vero che l'Harry's Bar è una stanza. Quattro metri e mezzo per nove. Centimetro più, centimetro meno.

Dopo cinquantacinque anni continuo a fare le stesse cose. Giro tra i tavoli per assicurarmi che i clienti siano contenti. Se vedo che hanno finito di mangiare e non c'è un cameriere nelle vicinanze, porto via i piatti vuoti, con l'unica differenza che da qualche anno i clienti, invece di limitarsi a ringraziarmi, hanno cominciato ad alzarsi in piedi per far onore al mio stato di avanzamento dei lavori, si fa per dire.

All'inizio mio padre mi aveva messo alla cassa per far pratica dei conti e per abituarmi a "guardare in giro". Il registratore era un National Cash Register modificato, nel senso che dopo la guerra avevamo dovuto aggiungere tre file di tasti per via dell'inflazione: così la colonna dei numeri dall'uno al dieci era scomparsa per far posto a quella dal dieci al novanta, poi fu il turno di quella dei cento e quella dei mille, e negli anni settanta aggiungemmo quella dei diecimila. Era un registratore per cassieri scemi, come quando inventarono la macchina del caffè a molla, che anche quella l'avevano ideata per banconieri scemi, così diceva mio padre, perché bastava tirare giù il braccio a molla e il caffè usciva da solo senza dover dosare il vapore e l'acqua. Nella cassa NCR si premevano al massimo un paio di tasti e invece della manovella c'era un pulsante che faceva apparire la cifra dalla mia parte e da quella dei clienti, e apriva contemporaneamente il cassetto. Adesso i registratori sono elettronici e mostrano anche la cifra del resto da dare indietro, per via che i cassieri non sono più capaci di fare le sottrazioni e tutto quanto.

Mio padre allora, oltre a girare per i tavoli come faccio io adesso, era anche il barman. Io non ho mai fatto il barman, anche se lo saprei fare, perché a forza di guardare mio padre preparare i cocktail li conosco tutti a memoria. Lui era bravo. Li mescolava con semplicità e alla fine sembrava che fluissero automaticamente dallo shaker. Non concedeva niente alla scena, non faceva volteggiare le bottiglie prima di versarne il contenuto, che io quando vedo un cretino di barman che fa così gli auguro sempre che la bottiglia gli cada per terra e si rompa e giù tutti a ridere. Quei barman lì, che poi non sanno fare neanche un dry Martini come si deve, dovrebbero andare al circo equestre a far divertire i bambini. Mio padre era così bravo che il cliente non faceva nemmeno a tempo a sedersi sullo sgabello che si trovava davanti la sua bibita preferita già pronta. Non aveva neppure bisogno di chiedere. E poi lui era sempre sorridente, e mentre lavorava sorrideva anche a me che ero lì vicino seduto alla cassa, e io gli sorridevo indietro, anche se di quel mestiere non capivo molto, anzi quasi niente, però mi piaceva star lì a osservare il movimento della gente che andava e veniva. E pagava, naturalmente.

Descrivere mio padre è come cercare di dare una forma scritta a una giornata di sole. Cosa si può dire? O scrivere? Ecco, mio padre era presente quando c'era, ma anche quando non c'era. Aveva la capacità di trasmettere il suo umore a tutti i dipendenti, me compreso. Umore buono e umore cattivo, e che Dio ce ne scampi da quest'ultimo. Poi aveva un senso del ridicolo che neppure io con i più umoristi dei miei amici siamo mai riusciti nemmeno ad avvicinare.

In qualche sacca abitata di Venezia c'è ancora un'antica capacità di ridere di se stessi e degli altri, come per esempio a Castello e a Cannaregio, anche se queste due non le ho vissute abbastanza per dirlo. Sono uno stanziale di Dorsoduro, dove ormai invece del macellaio c'è una piccola galleria d'arte, invece del droghiere c'è un'altra piccola galleria d'arte e invece del fruttivendolo c'è un negozio di maschere. L'altro giorno su una vetrina c'era un cartello che diceva: "Vendesi inattività". Che mi venga un colpo.

A Castello, se vai a fare la spesa nelle bancarelle di frutta e verdura trovi i venditori che alle donne dicono ancora come una volta: "Amore mio, cosa vuoi?". Ti sembra di tornare indietro di tanti anni, come quando in Inghilterra, subito dopo la guerra, le bigliettaie degli autobus – perché allora erano tutte donne anziane che sostituivano i giovani morti in guerra – ti rivolgevano la parola chiamandoti: "Tesoro".

Cannaregio lo vivo di meno. Lì c'è il ghetto e camminarci ti dà una sensazione indescrivibile. Sento solo un suono lontano come di un lucchetto che apre una catena. Perché io ero un bambino quando il mondo improvvisamente impazzì e i matti erano fuori dal manicomio e i savi venivano imprigionati e uccisi perché colpevoli di essere nati col timbro di una religione diversa. Anche adesso molti uomini la pensano allo stesso modo e io, invece di fargli la guerra, farei di tutto per costruire manicomi, ma non per noi, per loro.

Credo che l'Italia si sia in gran parte salvata da questa terribile follia perché da noi si bestemmia. E con la bestemmia il rapporto con Dio e con la Madonna è diverso. I personaggi religiosi diventano come una famiglia. E non c'è soggezione. L'altro giorno ho sentito un operaio che alle undici e un quarto ha bestemmiato Dio perché non era ancora mezzogiorno. Lo trovo molto civile. O no? È come se avesse detto: "Insomma, Dio, ti sbrighi a far arrivare mezzogiorno?! Ho fame e mi voglio anche riposare!". Dio in questo modo è un amico sempre presente, che come tutti gli amici può anche sbagliare, o essere in ritardo, come in questo caso. Non c'è paragone con quel Dio che come Lui ce n'è uno solo, che sa tutto sul bene e anche sul male, che se fai così sbagli e colà ancora peggio, e per di più è sempre in preda all'ira perché non ne imbrocchi mai una giusta. La bestemmia ci ha aiutati a umanizzare Dio. È uno di noi e ragiona come noi, quindi, se un uomo di Dio ne ha un altro, non ci passa neanche per l'anticamera del cervello di farlo fuori, o magari di rinchiuderlo in un campo di concentramento. Invece, negli anni trenta bastava pensarla diversamente da quei mentecatti di nazisti o comunisti o anche fascisti – questi ultimi un po' meno, per via delle bestemmie – che come niente ti uccidevano o ti facevano sparire. Se queste non sono cose da pazzi, non so proprio cosa altro siano. Se nasco un'altra volta voglio fare l'architetto e specializzarmi nella progettazione di manicomi.

Nei miei primi anni all'Harry's Bar ero, come si dice, timido, anzi timidissimo, oltre che pigro. La maggior parte dei clienti, quando scoprivano che ero il figlio del padrone, venivano a salutarmi e mi dicevano quanto ero bravo a seguire le orme di mio padre, che poi era una cosa tutta da dimostrare, e io rispondevo con un sorriso imbarazzato, e se volevano stringermi la mano mi alzavo anche, ma solo a metà, perché alzarsi in piedi dalla cassa era un'impresa per via del poco spazio tra le ginocchia e il cassetto.

I primi tempi, parlo di quando avevo diciannove anni, di giorno facevo finta di studiare all'università, e di sera andavo alla cassa per dare il cambio a mio padre, che d'inverno, quando non c'era tanto lavoro, alle nove tornava a casa a mangiare un boccone. Alle dieci di solito non c'era nessuno, tanto che spesso con il barista facevamo lunghe partite a battaglia navale; verso la fine della serata mi venivano a prendere un paio di amici – Gabriele e Sergio –, con i quali, se riuscivo a chiudere le porte del bar entro mezzanotte, correvo in casino, che chiudeva all'una del mattino.

Gabriele era un tipo spassoso, un bel ragazzo che pensava solo al sesso. Una sera si era nascosto dentro la manica della giacca una zampa di pollo e, tenendola tra le dita, la faceva uscire come fosse una mano. Così nessuna delle ragazze voleva andare a letto con lui. Solo una, che era la più brutta, disse di sì. Poi ci dispiacque un poco, perché era stato un gioco crudele anche se molto divertente. Gabriele l'ho perso di vista.

Sergio invece era un aggregato, nel senso che ci seguiva dappertutto, ma non aveva mai un'idea sua. Rideva, ecco, sì, rideva, e penso che venisse con noi perché lo facevamo ridere. Lui invece non faceva ridere nessuno. Aveva anche un'altra particolarità: voleva continuamente essere rassicurato sul fatto che eravamo amici. Era una specie di malattia. Ogni tanto, con aria speranzosa, ci diceva: "Dai, ragazzi! Dai! Siamo amici?".

Ma a un certo punto mi resi conto che stava finendo il periodo della spensieratezza, un ciclo della vita che sarebbe potuto anche continuare all'infinito se fossi andato all'università e basta invece di stare alla cassa dell'Harry's Bar, anche se non avevo la minima voglia di dire a mio padre che stare alla cassa non mi piaceva, e neanche di dirgli che studiare, come facevo io, non serviva a granché, se non forse soltanto, come si dice abitualmente, ad allargare la testa, le idee, cosa di cui d'altra parte non mi sono mai accorto, di questo allargamento voglio dire, anche perché a Padova, dove andavamo per frequentare i corsi, invece di seguirli con l'assiduità che i sacrifici della mia famiglia meritavano, giocavamo per ore e ore a biliardo nella sala del premiato caffè Pezziol a due passi dal Bo, come si chiamava la sede dell'Università di Legge e anche di altre facoltà.

Alla mattina a Padova tiravamo tardi in casino e a mezzogiorno andavamo alla mensa degli ufficiali in congedo, e non ho mai capito come mai ci lasciassero entrare a mangiare gli spaghetti al pomodoro un po' scotti, ma non del tutto male, anzi, considerando che costavano solo venti lire erano piuttosto buoni, così come li servivano. Senza contare che c'era la Giorgina, una cameriera che sotto il grembiule e i sorrisi era la ragazza più erotica che avessimo mai visto, forse anche perché nessuno di noi aveva il coraggio di invitarla fuori a fare due chiacchiere. Poi finalmente un giorno mi decisi e con mia sorpresa, a un mio invito alla balera della domenica a Piove di Sacco, lei rispose subito sì. Mio padre, che in famiglia non ci faceva mancare niente, mi aveva regalato una 500 Fiat giardinetta quando le facevano ancora con le finiture di legno. Un lusso che la rendeva simile a una macchina americana.

16

Con la Giorgina ci demmo appuntamento in piazza delle Erbe, vicino al bar. Lei arrivò puntuale alle tre del pomeriggio e quasi non la riconobbi, da come si era conciata per passare la festa con me, e con addosso un olezzo così intenso che la giardinetta odorava come una profumeria. Mi piaceva molto di più con il grembiulino della mensa degli ufficiali in congedo, che a pensarci bene non mi spiego perché mai gli ufficiali avessero diritto a una mensa anche dopo il congedo, e nemmeno perché noi potessimo andarci per mangiare gli spaghetti scotti senza essere mai stati ufficiali.

Tra una storia e l'altra era intanto venuto il gran giorno del mio primo esame. Tutta la famiglia era rimasta in attesa a Venezia vicino al telefono per essere informata del trionfo. In un delirio di onnipotenza avevo scelto l'esame più difficile del primo anno, "Istituzioni di Diritto privato". Non sapevo ancora che il mio destino sarebbe stato segnato alle tre del pomeriggio. Potrebbe essere il titolo di un romanzo. Il docente era il professor Carraro: mi aveva notato spesso durante le lezioni che frequentavo con una certa assiduità, quando, seduto in prima fila, facevo finta di essere attentissimo e accompagnavo la mia concentrazione con grandi cenni di assenso, come se fossi sempre perfettamente d'accordo con le sue parole.

Il professor Carraro interrogava due persone alla volta. Quando fu il mio turno, la porta dell'aula si aprì un poco per far passare la testa del docente di Diritto civile, il professor Trabucchi, che era anche l'autore del testo di Diritto privato. Il professor Carraro lo salutò calorosamente e lo invitò a prendere un caffè al bar della facoltà. Trabucchi disse che lo aveva appena preso, ma che sarebbe stato felice di continuare lui stesso l'esame durante la sua breve assenza. Così toccò a me e a un altro di sostenere l'esame con un professore che non avevamo mai visto in vita nostra. Ricordo ancora la frase con cui Trabucchi ci congedò:

"Tu hai cominciato con 18 e hai finito con 29," disse rivolto al mio compagno.

E poi a me: "E tu hai cominciato con 28 e hai finito con 19."

Conoscevo a memoria quasi tutto il libro, salvo l'ultima parte relativa al Diritto successorio, materia che non studiava mai nessuno e che era invece il cavallo di battaglia dello studente al mio fianco.

Erano le tre. La telefonata dell'annuncio la prese mio padre, che con una voce da funerale si limitò a dirmi di farmi trovare alla cassa della Stanza alle sei di quella stessa sera.

La mattina dopo mi disse: "Siccome non diventerai mai un grande avvocato, è meglio se stai alla cassa fino a che non avrai finito gli studi".

Da quel giorno cominciò la mia prigionia e realizzai anche che il mio nome me lo avevano affibbiato per via del bar.

Infatti non ha alcuna connessione con il patronimico di nessuno dei miei antenati; anche se i rami del mio albero genealogico non si estendono al di là dei miei bisnonni. Che mi venga un colpo.

Sergio guardava con ammirazione me e Gabriele, come fossimo esseri superiori. Non ho mai capito perché. Ma è vero che ci sono queste persone che cercano in tutti i modi di gratificare gli altri per gratificare se stessi. Poi un giorno con lui l'amicizia finì, perché mi innamorai della sua ragazza. E poi in seguito lei si innamorò di me, almeno così mi dichiarò allora, e questa non l'ho proprio mai capita, perché l'ho anche sposata, cinquant'anni fa, ma che mi venga un colpo se so se è mai stata innamorata di me, dico veramente innamorata dello stesso amore che io avevo per lei e che d'altra parte ho ancora adesso, in modo più calmo e diverso, come quello che ha uno che sa che l'altra persona, di cui è ancora innamorato, è, ed è stata, l'unica vera donna della sua vita. Ecco, io non sono sicuro di essere stato l'unico uomo della sua vita, anche se non credo che sia così importante, ma magari lei è stata tutti questi anni con me e abbiamo anche fatto tre figli assieme senza che fosse innamorata di me come io lo ero di lei allora, e del resto anche adesso. Forse c'è stata in questi cinquant'anni, non solo per me o non solo esclusivamente per me, ma credo più per i figli, i tre figli che ci hanno legati assieme a doppio filo, perché in fondo è solo per questo, se ci penso bene, che lei mi ha sposato, e cioè per fare figli, anzi, *i figli*, che sembra la stessa cosa ma non lo è del tutto. Lei è una donna speciale, ma non nel senso che si è soliti dare alla parola "speciale", lei è proprio specialissima, perché è buona, sincera, vera, estrema in tutte le sue manifestazioni. Quando l'ho sposata era la più bella donna della città. E mi sembra anche che sotto la sua scorza sia invece fragilissima come un cristallo di Boemia, che poi è il paese da cui arrivarono i suoi antenati. Così, da quella volta non mi sono mai più innamorato in vita mia. Io sì che so cosa vuol dire essere innamorati. Lei proprio non lo so, non potrei dirlo con certezza. Dei suoi figli invece è innamorata di sicuro. Basterebbe sentire come si rivolge a loro al telefono, con una dolcezza e un trasporto che con me non ha mai avuto, tanto che se penso alla nostra lunghissima relazione non mi ricordo proprio che li abbia mai usati con me. Roba sconosciuta.

Mio padre durante la guerra, nel periodo in cui l'Harry's Bar fu sequestrato dai fascisti che ne fecero una mensa per la Marina, aveva la mania di mettermi alla voga di un sandolo sul quale andavamo assieme fino all'imboccatura del porto di San Nicolò, dove lui si fermava, scrutava l'orizzonte e mi diceva che non capiva come mai gli americani non erano ancora arrivati. Intanto io morivo di paura, perché il cielo spesso era solcato dai cacciabombardieri alleati che mitragliavano tutto quello che si muoveva sull'acqua. Così, spesso, per sfuggire alle mitragliatrici, eravamo costretti a rifugiarci sotto qualche ponte. Una volta, frammenti di proiettili dall'antiaerea che scoppiavano sopra di noi caddero nella barca. Se non sono morto allora per la guerra, so che non morirò mai più di paura.

Mio padre aveva terrore solo dei terremoti, ma della guerra neanche sognarselo. Solo verso la fine capii cos'era quest'ansia che lo rodeva ogni giorno. Era né più né meno che voglia di libertà. Io non sapevo neanche cosa volesse dire. La libertà!

La libertà di pensare, di muoversi, di ballare, di dormire, di non essere arrestato solo perché lui era capace di far andare avanti un bar meglio dei fascisti.

Qualche volta, nei momenti di tristezza – perché ho anch'io quei momenti durante i quali hai voglia di piangere, non sai nemmeno tu tanto bene perché, ma credo sia la voglia che abbiamo un po' tutti di compiangerci –, penso a mio padre che non c'è più e ai particolari della sua vita quando la dividevamo assieme, che non è durata poi tanto a lungo, e ridevamo di tante piccole cose. Ogni tanto mi faceva alzare presto per andare a fare una gita in macchina. Io e lui soli. E se trovavamo una trattoria ospitale, eravamo capaci di berci anche più di due bottiglie di vino che lui andava a scovare nelle cantine. E dopo colazione andavamo alla ricerca di osterie, e se il vino era buono ne comprava sempre una dozzina di bottiglie, come quella volta a Bassano dove scoprimmo la grappa Nardini, quella straordinaria che vendono nel negozio sul ponte. E via ancora sei bottiglie, e poi su tre ruote tornavamo verso Venezia, con lui contento che mi diceva che avrei dovuto fare il corridore automobilistico. Però intanto, per il momento, mi aveva messo alla cassa della Stanza.

Ci sono istanti nella vita in cui le valvole delle lacrime

sono più allentate e così piangi per niente o quasi e, se sei da solo, questo pianto è liberatorio, come se dovessi lasciar andare un'aria che ti sta lì a premere l'emozione dallo stomaco fino agli occhi. E dopo ti senti meglio, il perché non lo sai nemmeno tu, ma quel trattenuto scoppio di pianto assomiglia al riso, non perché tu sia in un posto diverso dal solito, ma perché anzi il tuo solito posto ti è diventato in quel momento troppo stretto per via dell'emozione di un ricordo improvviso. E così piangi, ma anche ridi nello stesso tempo.

Mio padre aveva paura solo dei terremoti. Di quelli, come dicevo, era terrorizzato. Una volta, nel 1936 – io avevo quattro anni –, ci fece passare tutta una notte in mezzo al Campo Santo Stefano, vicino al monumento a Tommaseo, quello che noi studenti abbiamo sempre chiamato "il Cacalibri", perché i grossi volumi ammonticchiati ai suoi piedi, sotto la palandrana, sembra gli siano usciti dal didietro. Quella notte, come ho detto, ci piazzammo vicino al monumento, ma non troppo, perché mio padre temeva che una nuova scossa avrebbe potuto farcelo crollare addosso. Però abbastanza distanti dalle case del campo. Poi per molti anni non ci furono più terremoti, salvo quello del 1976 che in Friuli fece più di duemila morti.

Erano le nove di sera. Ero nella Stanza quando sentii una sorta di colpo nella testa e il pavimento di marmo cominciò a muoversi come se bollisse. I clienti e i camerieri uscirono in fretta, ma senza panico. Seduta a un tavolo d'angolo rimase solo la vecchia contessa Venini, che durante tutta la scossa – che durò un minuto, una vita – continuò a chiedermi:

"Cipriani, Cipriani, che cos'è questa cosa?".

E io:

"Il terremoto, contessa!".

"Oh, che cosa spiacevole!"

Le bottiglie cadevano dagli scaffali e i quadri ondeggiavano come il pendolo di un orologio, e lei ferma al tavolo che si lamentava del terremoto, come fosse colpa mia.

Comunque non si alzò e io dovetti rimanere lì, attaccato alla barra del banco per tutto il tempo – un minuto, che come ho detto per un terremoto è un'eternità. Poi alla fine la contessa disse: "Meno male, è passato".

"Sì, contessa, è passato."

Poi pian piano rientrarono tutti e ci fu un tavolo di clienti francesi che si lamentarono perché i cannelloni si erano raffreddati. Che mi venga un colpo.

Due

Tra le centinaia di fotografie della mia infanzia, ce n'è una dove sono ritratto a otto anni assieme a mia sorella Carla, seduti a un tavolino dell'Harry's Bar come due clienti.

Ci era permesso raramente di entrare nella Stanza, specialmente quando c'era gente. Quel giorno mio padre, che era un grande appassionato di macchine fotografiche e cineprese da otto millimetri, e che probabilmente aveva ancora un paio di foto nella pellicola della sua Leica, ci invitò dentro per un ritratto di famiglia. Mia sorella aveva tre anni più di me, e nell'immagine abbiamo una faccia, come dire?, compunta nel tentativo di sorridere, malgrado l'imbarazzo di essere lì nel santuario, nella Stanza, davanti a un bicchiere di spremuta con la cannuccia, con in più mio padre che armeggiava per fare la foto. Eravamo vestiti come due piccoli dandy. In testa portavamo un berrettino scozzese, e una sciarpetta, anche quella scozzese, ci girava attorno al collo: una combinazione unisex acquistata da mia madre al Bambino Elegante, anche se quel negozio di elegante non aveva proprio niente di niente e io lo odiavo perché lei lì mi aveva comprato anche un paio di pantaloni alla zuava, di almeno due taglie più grandi. Lei pensava che "avrei potuto crescere improvvisamente". Erano quei pantaloni che si usavano allora. Non arrivavano fino ai piedi ma venivano allacciati subito sotto il ginocchio con un cinturino, e si rigonfiavano in maniera sproporzionata attorno ai due tronchetti delle mie gambe, tanto da sembrare imbottiti di materiale organico. Ogni volta che mio padre me li vedeva addosso non poteva fare a meno di indicarmi agli altri in questo modo: "Ecco cagoia", perché sembrava che me la fossi fatta in quelle braghe. Plausibile, vista la cera pallidissima che era una mia caratteristica, sintomo di tutte le malattie dalle quali ero affetto.

Non è proprio granché come foto, eppure è una delle poche che è stata sempre gelosamente custodita da mia madre – quasi sicuramente per far vedere a tutti quanto fossimo eleganti io e mia sorella con il berrettino e la sciarpetta scozzesi.

Pensandoci adesso, mentre scrivo, è curioso che io il mondo l'abbia conosciuto non perché sia andato a visitarlo di persona, ma perché lui stesso è venuto a trovarmi come un buon amico – e qualche volta anche come un nemico, perché stare in una stanza a servire tutti quelli che decidono di venirci non è sempre rose e fiori e compagnia bella. Ci sono momenti in cui darei non so cosa per andarmene via e non tornarci mai più. In cinquantacinque anni non ho mai potuto dire:

"Oh, là. Adesso va tutto bene e mi posso rilassare".

Mi venisse un colpo!

Anzi, sono sicuro che, da questo punto di vista, sia senz'altro la stanza più complicata di questo mondo. Altro che capsula spaziale!

Per far funzionare la Stanza servono chilometri di fili e tubi, fuochi accesi, compressori, scarichi che si intasano sempre di sabato quando non c'è nessuno a disposizione per le riparazioni, perché se qualcosa si rompe, si rompe di sabato. Altro che venerdì! Il venerdì porta male perché annuncia l'arrivo del sabato.

Poi, oltre ai fili e compagnia cantante, si ha bisogno di un sacco di uomini che muovono leve, schiacciano bottoni, servono i clienti e parlano, e quando parlano è la *tua* voce, anche se nessuno parla come vorresti tu, perché tanti di loro dicono un sacco di stupidate completamente inutili, e quel che è peggio nel momento in cui le dicono sono la *tua* voce che sgorga dalle loro corde vocali, che tu non puoi controllare perché sono le *loro* corde e non le *tue*, e quello che dovrebbe essere semplice diventa complicato. Questo per quelli che lavorano in sala, non parliamo di quelli che lavorano dietro: gli addetti ai fuochi che hanno un carattere che come minimo vorresti ucciderli un paio di volte al mese, e i lavapiatti e le donne con le loro mestruazioni e compagnia bella. Un manicomio in confronto fa ridere i polli. E, da fuori, ci sono sempre in agguato gli ispettori degli alimenti o la guardia di finanza, che arriva a controllare i conti. Per non parlare dei clienti che ogni tanto ti piantano il chiodo e chi si è visto si è visto.

Eppure, questa Stanza è il concentrato di mondo più completo e fantastico che si possa immaginare.

Ogni volta che ci torno provo la stessa sensazione che si ha quando si rientra nella propria città, o magari in un'altra nella quale si sono avute emozioni appassionate e tutto quanto.

Come ho detto, le mie prime apparizioni serali nella Stanza risalgono all'inizio dell'università.

L'ultimo anno di liceo, invece, lo frequentai in collegio per via della mia grande passione di allora: il calcio balilla. Sarei potuto diventare un grande campione, se allora non avessero avuto la tendenza a dare più importanza al latino e alla storia dell'arte che ai giochi.

Così, collegio! E dai preti, che tutti in famiglia erroneamente pensavano fossero grandi maestri di latino, perché allora le preghiere e anche la messa con i Vangeli e tutto quanto il resto erano in latino. E invece no. In latino sapevano solo dir messa e le preghiere. E son sicuro non le capivano neanche tanto, le preghiere, che poi è vero che il fascino della preghiera sta nel non afferrare il significato delle parole. Nella grande chiesa del collegio, una moderna imitazione del romanico, c'erano una decina di altari carrozzati in stile barocco come nel Seicento, quando ce l'hanno messa tutta per rovinare l'interno delle chiese e ci sono in gran parte riusciti. A fianco di uno di questi altari, una tenda verde e lisa si apriva e si chiudeva su stridenti anelli d'ottone che scorrevano infilati in un tubo di ferro curvo fissato nel muro. Dietro alla tenda c'era il confessionale. Del tipo aperto. A tu per tu, paziente e medico dell'anima. Il peccatore stava su un piccolo inginocchiatoio di legno, il prete al suo fianco su una sedia di paglia.

Tra i confessori che non sopportavo ce n'era uno vecchio e grasso che durante il rito aveva la mania di tenermi un po' troppo fraternamente un braccio attorno alle spalle. Aveva uno schifosissimo alito pesante di caffellatte che diffondeva all'interno della tenda, assieme alle raccomandazioni, sussurrate ben dentro l'orecchio, di chiedere il perdono divino con la promessa di non peccare mai più e via così.

Per far finire in fretta questo tormento, che ogni domenica era imposto a tutti gli allievi, mi inventavo un paio di peccati lievi, poco complicati e meritevoli di una rapida assoluzione. Quelli gravi o gravissimi non mi sognavo nemmeno di raccontarglieli, a don Caffellatte.

C'era poi chi la comunione la faceva tutti i giorni, come Luigi Munaron, anche se nessuno, nemmeno i più creduloni tra i preti, pensavano che fosse la fede a spingerlo. Per Munaron, che era l'allievo più anziano, si trattava di una scelta ad abundantiam.

Era convinto che, anche se non fosse stato creduto, comunque i preti sarebbero stati favorevolmente impressionati dal suo faticoso tentativo di avvicinarsi il più possibile a Dio.

"D'altra parte, nessuno, nemmeno Dio," diceva Munaron, guardando il vuoto con i suoi grandi occhi bovini, "può sapere cosa ho dentro la mia testa, zio can!"

In realtà lo sapevano tutti cosa aveva dentro la testa.

"La figa, zio can!" gridava ridendo, e scandiva più volte la parola magica battendo il pugno sul muro. "La figa, il buco più importante dell'universo."

Oltre a fare la comunione tutti i giorni, Munaron si masturbava ogni sera. Seduto sul bordo del letto, riusciva a eiaculare fino al muro a un metro di distanza.

La domenica, la prima colazione era servita in mensa dopo la messa solenne. Era più abbondante del solito per compensare il digiuno imposto dalla regola che non si poteva mangiare o bere niente prima della comunione, per non mescolare il corpo di Dio con i residui della digestione. Che mi venga un colpo!

La messa solenne era invece il momento del divertimento e delle risate, che quando tentavamo di reprimere facevano rasentare le convulsioni. Il canto segnava il culmine degli sfoghi un po' blasfemi, quando il *Venite adoremus* diventava, nel coro di voci stentoree della terza liceo, un "Venite a do remi" e poi "a tre remi" che faceva lacrimare dal ridere noi e infuriare i preti.

Un incarico particolarmente ambìto era il servizio per la benedizione serale del mese di maggio.

Ero stato scelto assieme ad altri quattro, non so perché, per portar fuori da dietro l'altare l'incensiere subito dopo la predica. Il vantaggio era quello di poter rimanere in sacrestia durante tutto il sermone, seduti sulle comode poltrone del salotto del parroco a parlare di donne. Una sera non eravamo riusciti a trovare le capsule di carbonella che servivano per bruciare l'incenso e così Munaron, all'ultimo momento, aveva messo nel turibolo dei pezzettini di legno ricavati col temperino dalla gamba di una sedia. Come carburante, aveva usato un bel po' di DDT liquido che aveva trovato in un armadio. L'uscita sull'altare fu un disastro. Dal turibolo, che facevo oscillare appeso alle catenelle, traboccavano gocce di liquido infuocato che cadevano sul tappeto. I compagni dietro di me cercavano di spegnere le fiamme con i piedi in una danza del fuoco frenetica e molto poco solenne. Il riso convulso degli allievi nella chiesa sembrò il rombo di un tuono. Tenendosi a debita distanza per paura di bruciarsi, l'officiante, un gesuita che a ogni predica prometteva a tutti pene post mortem terrificanti, del tipo graticola eterna, versò l'incenso sul fumo nero e acre prodotto dalla combustione. Dopo questa farsa, tutti e cinque fummo severamente redarguiti e rimossi per sempre dal prestigioso incarico. Una tragedia.

Dell'educazione religiosa mi rimase un vago senso di paura della possibile esistenza della famosa graticola eterna. Così, ancora per qualche anno a venire, non perdevo l'occasione per una possibile acquisizione dell'indulgenza plenaria, con lo stesso spirito con cui si compra un biglietto della Lotteria nazionale.

Se incrociavo un funerale o se il pensiero si orientava verso il ricordo di un conoscente morto, recitavo a mente un rapidissimo "*Requiem aeternam dona ei Domine*", nella segreta prospettiva di far guadagnare al defunto la pace dell'anima e per ottenerne in cambio uno sconto divino.

Nei mesi più caldi, verso sera, don Guerrino, il prefetto di disciplina, un bell'uomo con un viso un po' troppo rubizzo che non denunciava digiuni né astinenze, usciva in abiti borghesi al volante della sua vecchia auto. Tutti sapevano che andava a trovare la vedova del macellaio con la scusa di consolarla e compagnia bella.

Quando don Guerrino se ne andava, anche noi allievi più anziani ci spingevamo fino al paese. A quell'ora, oltre al bar, c'era ancora aperto il negozio di parrucchiere. Un gruppetto di noi faceva la corte alle lavoranti e provavamo un grande rispetto e un po' di invidia per un nostro compagno, Ivo Zappaterra, che arrivava a infilare le mani sotto il reggipetto della Idelma per palparle le grandi tette che parevano far scoppiare i bottoni della camicetta. Lei rideva, però ci stava, a farsi palpare. Comunque non c'era il modo né il tempo di fare niente di più, così i discorsi ruotavano sempre sulle cose che lui, Zappaterra, avrebbe fatto con la Idelma se soltanto avesse avuto un po' più di tempo (e il modo!). Poi tornavamo tutti indietro in collegio di malavoglia trascinando le scarpe nella polvere della strada sassosa che saliva lungo la collina ancora calda di sole.

Tre

Mio padre è stato un padre severo? No. Non direi. Però è riuscito a condizionare tutto, dico tutto, ciò che ho fatto nella vita. Pensieri, parole e opere. Prima della sua morte, voglio dire. Ma anche dopo. Il mio rapporto con lui è stato a senso unico. Amore, senso di colpa, e tutto il resto. Ogni mia azione e ogni mia idea, fino a che è stato vivo, sono stati indissolubilmente legati alla sua esistenza. Non dico che la pensassi allo stesso modo, ma ho sempre sentito la necessità di sapere cosa avrebbe detto lui su ogni cosa che mi attraversava la mente. Questa cosa dovrei raccontarla sdraiato sul lettino di un bravo psicoanalista.

Ecco un esempio. Ero bambino, avrò avuto sì e no otto anni. Io e mio padre camminavamo in via XXII Marzo a Venezia, di fronte alla chiesa di San Moisè. Cercavo di tenere il suo passo allungando le gambe, e intanto gli facevo le domande che di solito fanno i bambini curiosi, così tanto per farle, nemmeno aspettando la risposta. Senza neanche guardarmi, lui mi disse: "Non fare domande stupide". Tutto qua.

Da allora ho sempre cercato di pensare, prima di fare una domanda. Mio padre, che fosse presente o assente, non aveva importanza. Non ho un concetto del dovere particolarmente radicato. Lo dico per la gioia dei miei simili. Sono pigro. Il lavoro per me non è il massimo, e quindi non c'è dubbio che la mia continua presenza nella Stanza per almeno undici ore al giorno sia principalmente dovuta al fatto che sarei stato ossessionato da un profondo senso di colpa.

Se tutto andava bene, quando mio padre mi chiamava al telefono la frase era: "Ciao Ciccio", il nomignolo che mi avevano affibbiato in famiglia da piccolo e che mi rimase anche da giovane, non ho mai capito perché. Se invece aveva qualcosa da rimproverarmi, le prime parole erano: "Dunque, senti...". "Dunque, senti!" Era solo l'inizio di una completa mancanza di coincidenza sulle nostre vedute o su qualcosa che avevo fatto e che lui non approvava.

Fino alla morte di mio padre, la mia giornata di lavoro cominciava sempre verso le dieci, dietro la cassa.

Per un paio d'ore cercavo di avere lo sguardo apparentemente assorto per nascondere la voglia di uscire e, d'estate, di andare in barca e fare un giro nei canali della laguna.

Anche adesso la Stanza a quell'ora di solito è vuota. I camerieri danno le ultime spolverate ai tavoli, Claudio, il barman, ripassa i bicchieri con uno straccio e dalla cucina esce il sommesso baccano delle pentole maneggiate dai cuochi che preparano i fondi di cottura per il ristorante.

A quei tempi non c'era il condizionamento. L'aria estiva era calda e umida. Entrava dalle finestre al piano terra e, attraverso le grate di legno dipinte di bianco dei portafiori, muoveva appena le foglioline dei nontiscordardimé che impedivano ai passanti di curiosare dentro al bar.

Dai quattro angoli della sala, i vetusti ventilatori Marelli gialli soffiavano a destra e a sinistra cambiando pigramente direzione con un lieve cigolio sui perni.

Una delle innovazioni che desideravo fare da sempre era installare l'aria condizionata.

Mio padre mi bloccò subito:

"Sì, bravo, così dopo non bevono più," e forse non aveva tutti i torti. Anzi, mai una volta che abbia avuto torto.

32

Non ebbi il coraggio di dirgli che avevo già ordinato quattro grandi condizionatori da installare alle finestre, anche se mi rendevo conto che sarebbero stati ingombranti e avrebbero tolto al locale un bel po' di luce. Inoltre, un amico mi aveva detto che l'aria che usciva da quei cosi era talmente gelata che, se ti veniva sulla testa sudata, poteva procurarti una paralisi. Ma la paresi da colpo d'aria non era una novità. A provocarla era una non meglio identificata "aria infetta". Portatrice, allora si pensava, di tutte le malattie delle quali non si riusciva a dare una plausibile spiegazione scientifica. Anche i medici di allora, di fronte a un caso di paresi, sentenziavano, scuotendo la testa:

"È stato un colpo di aria infetta".

La stagione era comunque già troppo avanti. Se tutto fosse andato bene, il caldo sarebbe durato ancora quindici giorni e dei condizionatori se ne sarebbe parlato l'anno seguente.

Spesso una delle due *swinging doors* dell'entrata si apriva un poco per lasciar passare la testa di un cliente.

"C'è Cipriani?" chiedeva.

"Sì," rispondevo, "sono io."

"No, no, Cipriani, suo padre," come per dire: "Quello vero!".

"No."

"Allora non importa."

"Buongiorno."

"'Giorno," e scompariva.

Dopo trentacinque anni era inevitabile che i clienti volessero vedere in faccia Cipriani, quello vero. Per me era solo una questione di tempo prima di farmi riconoscere come il vero Cipriani.

Trentacinque anni ci sono voluti. Più o meno. Appunto.

A dire la verità non ci facevo caso e il fatto non mi disturbava particolarmente, anzi, eccitava il mio amor proprio, o meglio il mio desiderio che, sono sicuro, mi è venuto a qualche mese dalla nascita e mi ha inseguito per tutta la vita: conquistare i miei simili, clienti inclusi.

Alle undici arrivavano a uno a uno i sette senatori. Li chiamavamo "i fondatori", perché giuravano di essere stati presenti il giorno dell'apertura della Stanza. Il più anziano era il barone. Veniva tutti i giorni da trent'anni. Era sposato con cinque figli e stava ore al telefono del guardaroba a parlare sottovoce fitto fitto con la sua amante e, facendo finta che la telefonata fosse d'affari, prendeva continuamente appunti su un pezzettino di carta. Sembrava l'unico a non sapere che tutti sapevano e quando lei, l'amante, entrava al bar con il marito e il barone si alzava premuroso per salutarli, cercava di non accorgersi del coro sommesso dei senatori che mormoravano:

"È arrivato il becco".

Poi c'erano un ingegnere, un avvocato, un ex ufficiale aviatore che non aveva mai volato, un ex ufficiale di Marina pieno di malanni incurabili per i quali non riusciva mai ad avere dai medici una diagnosi certa che avrebbe giustificato una cura. "Me ne manca solo uno, di esame," come diceva lui: "L'autopsia".

Poi c'erano due fratelli nobili gran proprietari terrieri: uno serio e compassato e l'altro che si era sposato tre o quattro volte con donne bellissime e che poi morì, compianto da tutti, mentre stava mangiando un'abbondante porzione di spaghetti che gli imbrattarono di pomodoro la faccia affondata nel piatto mentre esalava l'ultimo respiro. Morte di lusso, come diceva mio padre. Non successe nella Stanza, però.

I senatori arrivavano alla spicciolata e si sedevano al tavolo numero uno, che è vicino alla cucina, e cominciavano la solita profonda, giornaliera e animata discussione. Sui temi fondamentali erano quasi tutti d'accordo: il mondo non era più quello di una volta e un caldo così non si era mai visto, salvo – ricordava l'ingegnere, che sapeva sempre tutto – l'anno della Coppa Schneider. La Coppa Schneider era una gara internazionale di velocità per idrovolanti su un percorso a triangolo. Vinceva chi andava più forte. Strano!

Durante lo svolgimento della Coppa a Venezia, un vaporetto carico di spettatori curiosi si rovesciò. I senatori giuravano di essere stati presenti alla tragedia.

L'avvocato raccontava:

"Io ero a bordo e l'avevo capito subito che il vaporetto si sarebbe rovesciato. I passeggeri si erano messi tutti su un fianco per guardare gli aerei in gara. Istintivamente mi buttai dall'altra parte. Il comandante gridava. Niente da fare. Il battello si rovesciò come un camion in un fosso. In acqua le caldaie scoppiarono e fecero un gran vapore. Vicino a me vidi un ragazzino che annaspava. Lo afferrai e lo portai in salvo. Che momenti, ragazzi!".

L'avvocato aveva raccontato questa storia un sacco di volte. Nessuno gli credeva, del resto era noto per le sue incredibili panzane. Inoltre, non sapeva nuotare.

Così, mentre l'avvocato parlava, gli altri senatori alzavano sopracciglia e occhi al cielo con aria di sopportazione.

Poi, che mi venga un colpo se non c'era la cerimonia delle critiche.

Andavo al tavolo dei senatori e salutavo tutti.

"Buongiorno."

"Dov'è suo padre?" mi chiedeva il barone.

"Oggi non viene."

"Ormai non viene più," sentenziava il barone guardando gli altri con aria di disappunto.

"Manca!" affermava l'ex aviatore che non aveva mai volato.

Io sorridevo imbarazzato.

"Oggi le crocchette sanno di aglio," rincarava il barone, e rivolto a me aggiungeva: "Quando c'è suo padre non usano mai l'aglio".

"Sì, adesso lo mettono anche nel baccalà," diceva il conte. "Venerdì era immangiabile."

"C'era suo padre venerdì?"

"Non credo."

E il conte: "Ecco!".

Ogni volta mi sentivo un po' a disagio, non sapevo dove mettere le mani. Se provavo a lasciarle cadere lungo i fianchi, avevo la sensazione che mi arrivassero fino ai piedi. Dietro la schiena, mi facevano assumere un'aria da menefreghista. Incrociare le braccia: "Mai!" mi aveva detto un giorno mio padre. "Vuol dire che non ti importa niente di quello che dice il cliente." Che qualche volta era anche vero. Parola!

Così andavo in cucina e chiedevo al cuoco:

"Ha messo aglio nelle crocchette?".

"Come al solito."

"Lo ha sempre messo?"

"Certo. È la ricetta di suo padre!"

"Forse ne ha messo troppo."

"No. Sempre quello è."

"E nel baccalà?"

"Uguale."

Mi guardavo bene dall'andare a dire ai senatori che l'aglio c'era sempre stato. Rischiavo di farli star male con effetti retroattivi.

E poi: "Il cliente ha sempre ragione anche quando non ce l'ha," diceva mio padre. "Ricordatelo!"

Qualche volta, verso mezzogiorno, entrava l'amante del barone da sola.

Nessuno dei senatori si aspettava mai la sua comparsa. Così si alzavano e andavano a salutarla. Il barone, sempre un po' imbarazzato, ma anche orgoglioso di quella che a lui pareva la Madonna Nicopeia, diceva con tono del tutto naturale:

"Buongiorno, contessa. Qual buon vento! Vuol sedersi con noi?".

"Non vorrei disturbare."

I senatori si stringevano per farle posto. Lei si sedeva vicino al barone e io con la coda dell'occhio mi accorgevo che il saluto spesso si estendeva a un fugace contatto delle scarpe di lei con quelle del barone. Un grande amore alimentato da furtivi piedini.

I senatori facevano finta di niente.

"Beve qualcosa?" chiedeva il barone.

Lei ordinava sempre un Martini e anche due, accompagnandoli con un paio di crocchette all'aglio. E siccome era molto gentile, mentre le mangiava esclamava: "Ah, che squisitezza!" e tutti annuivano dandole ragione. Le crocchette erano squisite proprio perché c'era un po' d'aglio.

Quando arrivava l'amante del barone, la conversazione cambiava. Da tecnica si faceva mondana. I senatori facevano di tutto per ingraziarsela. Una patetica commedia davvero.

Spesso arrivava anche la contessa Volpi.

Una gran dama. La signora Nathalie El Kanoni, vedova del gioielliere La Cloche, era un'algerina che aveva sposato Giuseppe Volpi di Misurata divenendo così contessa al merito fascista. Riuscì anche nella non facile impresa di dare al settantenne conte l'unico figlio maschio, Giovanni.

Non è che ci trovavo molto in questa contessa, salvo una certa arroganza espressa con una voce stridula di gola e compagnia bella.

Quando entrava, tutti si alzavano per salutarla. Lei procedeva rispondendo con un cenno. Avanzava solenne, come scivolasse. Le scarpe erano invisibili sotto la lunghissima sottana e il suo incedere ricordava l'entrata in porto della corazzata *Potëmkin*.

Senza guardare in faccia nessuno, e con un sorriso distaccato sulle labbra e lievi cenni di risposta fatti con la mano, la contessa Volpi si dirigeva al solito tavolo d'angolo dove Ubaldo, il nostro cameriere più anziano, l'aiutava a crollare leggera sui cuscini della panchetta.

Al suo fianco, cercando di occupare meno posto possibile, si sedeva la cameriera-dama di compagnia, rango che la poverina sosteneva con lo stile di un'umile subalterna.

"Cosa desidera, contessa?" le chiedeva Ubaldo.

La contessa alzava annoiata le sopracciglia, e lo fissava con i grandi occhi sul viso inespressivo. Infastidita dall'intrusione, diceva:

"Cosa?".

"Cosa desidera?" ripeteva Ubaldo paziente.

"Mi lasci in pace un momento," diceva la contessa, "non so ancora se rimango," e poi aggiungeva, guardando verso la cucina: "C'è il cuoco Enrico?".

"No, contessa."

"Come mai?"

"È di festa, contessa."

"È sempre di festa! Volevo un risotto, ma se non c'è lui nessuno lo sa fare. Mi porti un tè."

"Subito, contessa."

Ubaldo non si rivolgeva mai alla dama di compagnia perché di solito non aveva diritto alla consumazione.

Dopo un po', il marchese napoletano si alzava dal tavolo dei senatori e andava a quello della contessa.

"Buongiorno, contessa."

"Buongiorno, caro. Come sta oggi?"

"Meglio, molto meglio, grazie."

"Meno male. Non l'ho vista tanto bene ultimamente." Era acida e cattiva. Una gran dama. Non erano però tutte così le contesse a Venezia.

Le contesse! Alcune erano così belle da restare senza fiato. E la classe. E la sapienza. Parlavano un veneziano inimitabile. Sembrava un'altra lingua. Curiosa, raffinata ed elegante. Raccontavano storie piene di un saggio umorismo. Di sicuro sapevano tutto della vita.

La maggior parte invitava gli amici nel palazzo del Canal Grande.

Si narra di una contessa Morosini che alle partite di poker, se uno dei giocatori chiedeva di vedere le carte, invece di esibirle esigeva di vedere quelle dell'avversario. Poi sentenziava: "Vinco io," e l'avversario non si azzardava a discutere. Così a poker vinceva sempre.

Un giorno mandò a un amico come regalo di nozze un bellissimo candelabro d'argento.

Questi ringraziò con un biglietto su cui aveva scritto: *"Gentile contessa, Le sono riconoscente per il magnifico regalo. Però quando glieli ho regalati io erano due"*.

Un giorno la contessa Morosini cercò di rivendere a mio padre una grande scatola di caviale che il giorno prima Ernest Hemingway aveva acquistato all'Harry's Bar per farle un omaggio.

Ricordo poi la contessa Avogadro, gran gentildonna che portava sempre cappelli a larghe tese per ripararsi dal sole. Perché allora l'abbronzatura non esisteva. La pelle di queste dame era bianchissima, vellutata ed esente da rughe plebee.

Ma c'erano anche le lady inglesi come lady Diana Cooper, una tra le donne più belle del mondo. Un giorno che era a tavola con le giovani nipoti che continuavano a visitare la toilette, guardandole con divertita commiserazione mi disse sorridendo:

"Cipriani, quando ero giovane non facevo mai la pipì!".

Parlavano un linguaggio vero, ma mai volgare.

Un'altra bellissima era la duchessa di Manchester. Era americana, il titolo lo aveva avuto dall'ultimo marito del quale era rimasta vedova, però nel portamento e nella classe era una vera duchessa. Aveva prima sposato un petroliere e un banchiere. I suoi incredibili occhi verdi si chiusero per sempre a novant'anni. Una delle ultime dame del ventesimo secolo.

Ma torniamo al marchese e alla contessa Volpi. Erano vent'anni che il marchese non aveva un soldo, ma era sempre molto elegante con i suoi vestiti datati che lo facevano assomigliare a un vecchio gentiluomo inglese di campagna. Siccome era napoletano e superstizioso, teneva sempre in una tasca della giacca un cornetto d'avorio che stringeva all'occorrenza.

"Dev'essere questo scirocco, contessa. Quest'anno mi dà molto fastidio il caldo."

"Brutto segno, brutto segno..." rincarava la contessa.

Il marchese allora la salutava e tornava dai senatori tenendo il cornetto stretto nel pugno.

"Vecchia cornacchia!" diceva piano. I senatori facevano finta di non sentire.

A me erano tutti molto simpatici, tranne la contessa Volpi. Quella proprio non mi andava giù. Era l'inganno dei soldi.

I veri aristocratici, a modo loro, erano i miei maestri, specialmente quelli che avevano perso una fortuna nei ristoranti e negli alberghi.

Sul cibo sapevano tutto. Verità sacrosanta. Forse esageravano un po' per far vedere che erano degli intenditori, ma, a parte l'aglio, bisognava ascoltare le critiche.

Se la risposta del principe Ruspoli alla mia domanda su come fosse il risotto era un lapidario "Cemento!", voleva dire che il risotto non era all'onda, ma mi guardavo bene dall'andare a dirlo al cuoco perché avrei provocato una crisi in cucina.

Tutti gli aristocratici avevano le loro piccole manie. Il principe Colonna, oltre a essere noto per i soffi sonori che gli uscivano dal fondo dei pantaloni e che lui non sentiva perché era sordo, aveva la fissazione del "Bœuf à la mode", un manzo brasato. Il "Bœuf à la mode" per il principe non aveva segreti, che come lo facevano al Palace di Saint Moritz non ne esistevano altri.

Il barone, oltre all'odio per l'aglio e all'amore un po' senile per la sua amante, aveva anche una passione per l'Inghilterra e spesso mi intratteneva sulla "Lady Curzon Soup" come la facevano a Londra, che anche quella non aveva rivali. Una zuppa di patate! Ma inglese. Nei miei momenti di libertà, ogni volta che passo da Curzon Street, non lontano da Berkeley Square, a Londra, penso intensamente alle patate.

Quattro

Solo gli aristocratici decaduti si intendono di cibo e di bevande. Soprattutto di vino.

Io non sono un esperto di vino, però seguo sempre la regola di mio padre: "Se il vino è buono si fa bere e, se è buono, manca sempre un bicchiere". Che è poi la ragione per la quale i produttori di vino, che più furbi di così è difficile, fanno le bottiglie da tre quarti, così che in due a tavola si arriva in fondo senza neanche accorgersene e quindi si è obbligati a ordinare un'altra bottiglia tanto per finire la serata, e quando si arriva in fondo anche a questa sei così ubriaco che ne ordini una terza e magari una quarta, fino a che l'oste, dopo aver incassato il conto che sei riuscito a pagare con molta fatica, ti scaraventa fuori dalla porta.

Il vino per me è rosso e più vecchio è, meglio è. Il principe Ruspoli, quello del risotto, beveva il vino solo se la bottiglia aveva almeno dieci anni. Una volta gli offrii una bottiglia che di anni ne aveva solo sette e mi disse: "Non vorrà mica uccidermi?".

Comunque, non è che di solito io beva bottiglie di dieci anni, in quanto – come dice Angelo Gaja, che da noi non ordina mai i suoi vini "perché sono troppo cari!" – devo ammettere che non esiste niente di più commovente di aprire una bottiglia di un vino che è lì dentro da dieci anni. Sembra quasi di sentire il sospiro di sollievo di quel vino che vede la luce dopo tanto tempo. Purtroppo, quasi sempre sei distratto perché, se hai deciso di spendere una fortuna per comprare una bottiglia di dieci anni, vuol dire che vicino a te c'è una donna che ne vale la pena e che nel momento cruciale non può fare a meno di dire cose che non c'entrano niente con quel vino, che sarebbe invece molto meglio che stesse zitta e attenta. È incredibile come ormai ci siamo completamente dimenticati di dare importanza a quei dettagli della vita che fanno la vita. Come, per esempio, aprire una bottiglia di un vino che è stato lì ad aspettarti dieci anni. O magari anche di più. Pensa la pazienza. Pensa la pazienza che ha avuto. Sempre al buio.

Noi, dopo dieci anni, invecchiamo senza migliorare. E invece il vino sprigiona subito tutti quei profumi, quei velluti, quelle arie che parlano d'uva, di campagna, di donne, di vendemmia, di fiori, d'erba, di sole e anche un po' di luna, e insomma di tutto quello che lui, il vino, è riuscito a tener dentro in silenzio per tanto tempo. Per me è un mistero. Così, quando apri una bottiglia di quel vino lì, non puoi metterti subito a bere senza pensare. Per me l'assaggio non dev'essere fatto per cercare i difetti, semmai per trovare i grandissimi pregi. E lì dipende molto se sei un ottimista o un pessimista. Novanta su cento, il pessimista trova subito che sa di tappo.

"Sa di tappo," sentenzia con l'aria del superuomo che è contento di mostrare che lui se ne intende. A me, quando un vino sa di tappo, viene da piangere. E quasi mi verrebbe voglia di pagarlo lo stesso per non dargli un dispiacere.

Al vino.

Pensa che tragedia, sentirsi inutile dopo dieci anni di sacrifici. Tutto per colpa di uno stupido tappo che per giunta ti teneva prigioniero. Come me, che sono lì nella Stanza prigioniero da cinquantacinque anni. E se alla fine mi dicessero: "Sai di tappo"? Una bella delusione!

Il vino, come ho già detto, è rosso. E non c'è niente da fare. Credo che siano tutti d'accordo, tranne mio padre: "Stai attento al rosso, perché dopo un po' che lo bevi, quando meno te lo aspetti, ti viene il colpo della strega".

E arriva proprio in quei giorni in cui, se ti chiedono come stai, tu rispondi per essere pessimista: "Benissimo. Non ho un dolore al mondo". Ed ecco, dopo un paio d'ore, mentre stai facendo la cosa più stupida, arriva il colpo della strega, all'altezza delle reni, e ti penetra fino al cervello. Un dolore lancinante che per un attimo ti lascia paralizzato. Il male è così violento che hai il terrore di muoverti per non rimanerci secco. Così lo chiamano, perché non può essere che una strega a farti venire una cosa del genere. Una vecchia strega funesta. Mio padre, come ho detto, giurava che la causa principale era il vino rosso, non la strega. E anche, ma solo in seconda battuta, gli asparagi. Quando ne era colpito, per giorni e giorni nella Stanza quasi nessuno beveva vino rosso. I clienti, guardando mio padre che si muoveva tutto storto tra i tavoli, non se la sentivano di sfidare la sorte. Così lo ascoltavano come fosse l'oracolo di Delfi. D'altra parte, lui riusciva a convincere chiunque. Per mesi tutti a bere vino bianco. O champagne, con un pensiero alla vedovanza più che alla vedova. Perché pochi riflettono sul fatto che le grandi produttrici di champagne sono tutte vedove. Non ci piove sopra. Una volta, durante uno di questi attacchi, mio padre scoprì che un rimedio fantastico consisteva nel tenere una patata cruda nella tasca posteriore dei pantaloni, dove di solito c'è il portafoglio. Ecco perché i clienti, anche se stavano benissimo o al massimo avevano una leggera lombaggine del tutto fisiologica, uscivano dalla Stanza con una patata cruda in tasca.

Forse a qualcuno verrà voglia di vedermi bere vino bianco. Niente da fare. Io bevo solo vino rosso, piuttosto niente. Che sarebbe un bel sacrificio, dico, quello di non bere più, che anzi quasi quasi ci ripenso e potrei bere ogni tanto un bicchiere di bianco. O anche due. Dipende. E il vino rosso deve avere almeno quattro anni. Non voglio rischiare. Senza contare che il principe Ruspoli non ci penserebbe neanche un secondo a chiedermi se lo voglio morto.

Una fonte sicurissima mi ha svelato che il "Nouveau" – nato come Beaujolais, ma adesso lo fanno tutti – è un'invenzione della Corporazione delle Pompe Funebri francesi per far aumentare il lavoro in autunno quando, dopo le vacanze, non muore nessuno. In ogni bottiglia di Nouveau c'è abbastanza anidride solforosa da accendere un falò e ridurre a un colabrodo lo stomaco di un leone. Tanto per dire qualcosa. Chissà com'è un leone ubriaco. Ferocissimo o buonissimo. Io credo che il leone ubriaco sia un tipo da fidarsi. Basta che gli sei simpatico. Se fossi un tedesco non mi fiderei mai di un leone ubriaco, anche perché i tedeschi hanno preso così sul serio la caccia al leone che finisce prima la caccia della sbornia e così tornano a casa ancora un po' sbronzi, e non si accorgono che nell'armadio c'è nascosto Franz, che durante la caccia ha tenuto compagnia a Brigitte, la quale da un paio d'anni, ogni due o tre giorni, quando il marito torna all'improvviso, nasconde Franz nell'armadio. Una volta c'ero io nell'armadio, al posto di Franz, e ho dovuto aspettare che il marito di Brigitte posasse il fucile, prima di uscire. Dall'armadio, dico. Il marito di Brigitte, che era molto nervoso, mi chiese cosa facevo lì dentro e io gli risposi che ero il falegname. Allora mi feci aggiustare anche l'asse da stiro che aveva rotto sulla testa di Brigitte un giorno che aveva trovato Franz nell'armadio.

I miei amici mi accusano, si fa per dire, di avere una certa tendenza a cambiare idea. Naturalmente non è vero. In realtà ho l'inclinazione a fare scoperte, quasi sempre connesse al mangiare e al bere. Io saprei individuare un'inattesa leggerezza in certi cibi fortemente sconsigliati dai dietologi. Quelli che tutti credono facciano male e invece, quando mi viene questo chiodo, mi convinco che fanno benissimo e li mangio tutti i giorni con avidità e persuado tutti a ordinarli. Per mesi mi sono riempito di grandi fette di torta di cioccolato perché avevo letto da qualche parte che il cioccolato fa bene, non mi ricordo più a che cosa, ma fa benissimo. Poi, magari per settimane, io e i miei amici poniamo termine al pasto con una decina di formaggi straordinari. Di solito queste frenesie vengono miseramente troncate un mattino quando mi sveglio con certe parti intime del corpo coperte da inequivocabili puntolini rossi.

Da qualche mese ho capito che forse il vino rosso mi fa male. Non dico per il colpo della strega. Quando la sera ne bevo un'intera bottiglia, il mattino dopo non mi sento affatto bene. Così è da un po' che a cena bevo solo cocktail Martini. Il Martini della Stanza è praticamente gin puro, perché la ricetta prevede una parte di vermouth e quindici di gin. Solo dopo averne bevuti quattro, cioè in sostanza un quarto di bottiglia di gin, la mattina successiva soffro di un lievissimo disagio che potrebbe essere scambiato per un leggero malessere dovuto più all'età che al gin. Niente se confrontato con quello che provavo quando bevevo un'intera bottiglia di vino rosso, magari a 14 gradi. Moltissimi clienti mi stanno imitando con entusiasmo e spero che i produttori di vino non lo vengano a sapere, anche perché uno di loro è il presidente della mia banca. Che mi venga un colpo. Hemingway diceva che il Gordon's Gin è il miglior antisettico del mondo. Aveva perfettamente ragione. Sono convinto che il gin contribuisca anche a sconfiggere e a uccidere tutti quei batteri grampositivi e gram-negativi che vanno a nozze all'interno del nostro intestino. E poi c'è un fatto storico che taglia la testa al toro. La regina Mary d'Inghilterra è stata una tra le donne più grandi e popolari di questo secolo. Una figura straordinaria, amata dai sudditi ancor più dell'attuale regina. Credo che una delle tante ragioni sia che, come la maggior parte di loro, non disdegnava di tanto in tanto di assaggiare il nettare creato da Sir Alexander Gordon, che ha beneficiato l'umanità con la sua ricetta ancora oggi segreta. La regina Mary è morta a centouno anni, felice, nel sonno.

Cinque

Una tra le grandi tragedie degli ultimi anni è il tentativo delle catene alberghiere, coadiuvate dagli amanuensi delle guide gastronomiche, di far diventare i dipendenti robot tutti uguali e i ristoratori fatti tutti alla stessa immagine e somiglianza. Come premio per i dipendenti le grandi compagnie alberghiere usano l'attestato di lode e la stretta di mano, per i ristoratori le guide gastronomiche invece danno i punteggi con tanto di stelle, forchette, cucchiai e compagnia bella. Questa mania che tutti devono appartenere al gregge è un'invenzione francese, come la nouvelle cuisine, e si scrive "Égalité". La parola "Égalité" ha forza solo se si pronuncia con un tono di voce leggermente stentoreo e commosso, e che è valido solo se è seguito dalle parole "Fraternité" e "Liberté". Anzi, la "Liberté" va per prima, poi tocca all'"Égalité" e poi alla "Fraternité". Che invece secondo me andrebbero meglio nell'ordine precedente, perché a pensarci bene, fermo restando il fatto che le tre parole assieme costituiscono, nel loro completo nonsenso, un'incredibile stupidaggine, dette così, una di seguito all'altra, fanno per lo meno un certo effetto di altera soddisfazione *commotoria*, un vocabolo che non esiste ma che dà l'idea dell'attimo prima dello sgorgo della lacrima. Il fatto è che, per quanto riguarda l'uguaglianza, gli uomini sono sempre stati pessimi esecutori.

Cominciamo dalle donne. Con tutto il rispetto. C'è n'è per

caso qualcuna che pensa di essere uguale agli uomini? Se si potesse dimostrare senza ombra di dubbio che Dio è una donna, sarei felice di pagare il biglietto doppio anche senza la riduzione per gli anziani. Ma per volare, come direbbe J.B. Williams, un po' più bassi, voglio fare un esempio. Se una donna va a letto con molti uomini, la morale comune a tutti i popoli del mondo la considera, mi si scusi, una prostituta. Se invece un uomo va a letto con molte donne, è un macho. Un virile. E la sua buona fama sarà direttamente proporzionale al numero di donne che sarà stato capace di portarsi a letto, mentre la buona fama della donna sarà inversamente proporzionale al numero degli uomini che la seduttrice avrà attirato nel talamo. Meglio se uno solo, anche se eroticamente scarso. L'uguaglianza, almeno tra uomini e donne, non esiste proprio.

E adesso, passiamo a parlare dell'uguaglianza tra uomini. E qui entra in gioco la libertà. È stato dimostrato dalla Storia, e qui non ci piove sopra, che ogni volta che si è voluta imporre la stramaledetta uguaglianza si sono commessi gravi errori da una parte e dall'altra. Nel senso che non hanno capito niente né quelli che l'uguaglianza la volevano far piovere dall'alto, né tanto meno quelli che sarebbero voluti diventare tutti uguali. Così, la Storia ci ha insegnato che esiste un unico momento nel quale gli uomini diventano tutti uguali, quello cioè che ha le caratteristiche dell'eternità, e che capita immediatamente dopo il trapasso.

Stalin e Hitler, per parlare solo dei tempi recenti, erano molto intelligenti, e lo avevano capito subito. Stalin, per esempio, ottenne l'uguaglianza totale per milioni di disuguali mettendoli più o meno ordinatamente nelle fosse comuni. Hitler invece, senza contare naturalmente gli uguali della guerra, ne mise sotto terra almeno una ventina, di milioni. In fondo, correggo leggermente le mie prime affermazioni per dire che alla fine, ma alla fin fine, sicuramente saremo tutti uguali. Anche le donne. Finalmente.

Quei milioni di ex russi tutti uguali, prima di diventarlo, se avessero potuto esercitare la libertà avrebbero fatto una scelta del tutto diversa. L'uguaglianza, se mai esisterà nella vita, non può assolutamente accompagnarsi alla libertà. La fraternità, poi, potrebbe esistere solo senza le sue due compagne uguaglianza e libertà. La Rivoluzione francese, nel tentativo di rendere tutti uguali, tagliò non so quante teste. Ma tante. La disuguaglianza è un grandissimo dono che va mantenuto a tutti i costi. Solo nella disuguaglianza c'è la libertà. Vivere è disuguale per tutti. Il De Gaulle divo televisivo, quando parlava dal piccolo schermo a quei rimbambiti di telespettatori, avrebbe dovuto declamare:

"Liberté, inégalité et inimitié. Vive la France et tous les imbéciles, moi compris".

Una volta, la famosa Guida francese dei copertoni, bontà sua, mi assegnò due stelle. Mi sembrò una bella soddisfazione. L'unica cosa che mi aveva lasciato perplesso era stata la reazione di mio padre. "Non è importante," disse. Una delle tre cose su dieci che mi sembrava sbagliata tra quelle che diceva lui. E invece no. Era giusta anche quella.

C'è voluto molto tempo prima che mi rendessi conto che i lettori della Guida appartengono al gregge di coloro che vogliono avere come condottiero il pastore. Sempre. E quando leggono che un ristorante ha due stelle lo costruiscono esattamente come il pastore ritiene che il ristorante con due stelle debba essere e tutto quanto.

Poi ho capito che quella della Guida non era la Stanza, ma un ristorante inventato dalla Guida stessa. Ecco perché non era importante avere le due stelle, come diceva mio padre, che anzi, quando aprimmo la sala al primo piano, mi disse di chiamarla Sette stelle.

Così, oggi comprendo che è importante *non* esserci del tutto, tra i copertoni della Guida. Tra l'altro, i lettori da noi rimanevano insoddisfatti per un sacco di cose. Non c'erano per esempio i grandi bicchieri del signor Riedel, che se non lo metti lì dentro il vino sembra che non valga niente, anche se è buono, che se poi è cattivo, dopo una tale scena, i cultori della Guida pensano che sia diventato buono. Inoltre, non avevamo il sommelier e non c'era nemmeno quella imitazione della cucina moderna che fa primeggiare la forma sul gusto.

Disastro! Quando ne perdemmo una, di stella, il buon trois étoiles Marchesi Gualtiero mi scrisse una lettera accorata alla quale risposi che mi ero appena buttato dalla finestra del piano terra, per fortuna senza farmi niente.

Perché, mi diceva mio padre, la vita non è una cosa seria. È invece una comica sottile dove devi sentirti vivo e saper ridere. Sorridere, soprattutto, di quelli che si prendono seriamente.

Sei

Mio padre aveva solo due amici. Anche se un giorno mi aveva detto: "Mai farsi amici dei clienti, che viene il momento che ti devono dei soldi e non li vedi più".

Il primo era il professor Vardanega. Professore di latino e greco, anarchico-clericale, come si definiva, non era un cliente. Veniva ogni tanto a prendere un caffè e frequentava spesso casa nostra per motivi d'indigenza. Era anche un bravissimo fotografo dilettante. Fu lui a farmi le foto che mi ritraggono durante la guerra in campagna a Preganziol, dove eravamo sfollati per paura dei bombardamenti che a Venezia non ci sono mai stati, salvo uno, quando colpirono una nave ospedale piena di munizioni e dallo spostamento d'aria crollarono tutti i controsoffitti di casa – un bel pezzo di intonaco finì in testa a mia madre. Solo che in campagna miravano anche ai ciclisti. Le foto che mi faceva il professor Vardanega con la sua Voigtlander a soffietto erano in bianco e nero e io in quasi tutte faccio sfoggio dei pantaloni alla zuava, per la delizia di mia madre e i sarcastici commenti di mio padre. La macchina fotografica a soffietto Voigtlander era l'unica proprietà del professor di latino e greco Vardanega, un uomo veramente povero, forse il cliente più povero che sia mai entrato nella Stanza. La sua autodefinizione di anarchico-clericale non durò a lungo, forse un paio d'anni, fino al giorno in cui i preti, ai quali in cambio di un alloggio aveva affidato in vitalizio la sua biblioteca di cinquemila volumi, gli dissero che, anche se il tempo che ormai gli restava da vivere non era poi così lungo, se lo era comunque già mangiato con gli ultimi cinquanta dei cinquemila libri, che fra l'altro non erano poi di così gran valore. Il tempo residuo – e loro per consolarlo gli dissero di pensare che sarebbe stato assai breve – avrebbe dovuto passarlo in casa della sorella, vedova senza figli, e compagnia bella, perché, oltre a tutto, i preti avevano improvvisamente bisogno della stanza.

Il vitalizio non aveva nessun valore legale perché non era stato firmato dalle due parti, ma era solo, come si dice in inglese, un "gentlemen's agreement", che vuol dire un patto tra gentiluomini che di solito dovrebbero essere almeno due. Invece in questo caso ce n'era uno solo: il professor Vardanega. I gentlemen's agreement non bisogna mai farli. Anche mio padre ne stipulò uno, e anche lui scoprì di essere l'unico gentiluomo.

Il problema con questi patti è che se uno dei due gentiluomini muore, al momento del trapasso ha talmente tante cose a cui pensare che si dimentica di lasciar detto ai parenti di aver fatto un gentlemen's agreement e, se anche lo fa, rimane comunque una cosa che hanno pattuito lui e l'altro gentleman e che non impegna quasi mai quelli che rimangono in vita.

Perciò i preti dissero al professor Vardanega di lasciar libero l'alloggio prima della scadenza naturale. Che mi venga un colpo! Vardanega aveva quasi ottant'anni. Non la prese tanto bene, ma come unico segno di protesta tolse dall'autodefinizione la parola "clericale". Sopravvisse come anarchico ancora un paio d'anni, afflitto da un cancro alla gola che combatté in piedi fino all'ultimo giorno. Io cercavo di aiutarlo dicendo alla cassiera di dargli il resto sbagliato. Se lui pagava il caffè con cinquemila lire, lei doveva dargli il resto come avesse ricevuto una banconota da diecimila. Un gioco al quale lui all'inizio si oppose, ma che poi dovette accettare perché la cassiera aveva anche l'ordine di dirgli, con aria un po' seccata, che "noi all'Harry's Bar non facciamo mai sbagli".

Il secondo amico di mio padre era il vecchio cavalier Carrain, proprietario dell'Hotel all'Angelo, dove però lui non metteva più piede perché la moglie lo aveva buttato fuori un giorno in cui lo aveva scoperto mentre fornicava sul letto di una stanza con una cameriera ai piani. Così Carrain mangiava a casa nostra quasi ogni sera. Credo sia stato l'ultimo uomo che ho visto con le ghette. Le portava sempre d'inverno, "assieme alle mutande lunghe," mi diceva, "perché le gambe devono restare calde". E tutto quanto. Per il resto poteva anche rimanere zitto senza dire neanche una parola per una giornata intera.

I miei amici?

Father Jacobs. O Peter Jacobs. Non so se metterlo tra i miei amici. Un prete cattolico. Americano. Anarchico lo definirei, come il professor Vardanega. E forse anche anticlericale, perché lui dal clero ne aveva viste e avute di tutti i colori. Questo Jacobs dunque entrò per la prima volta all'Harry's Bar quando il cardinale Luciani era ancora vivo, prima che fosse eletto papa per trentatré giorni. Sono sicuro che lo sarebbe rimasto per qualcuno di più se non fosse morto per volontà presumibilmente divina!

Tornando a Jacobs, parliamo del 1978 più o meno, quando i preti erano preti, voglio dire, con tanto di voto di castità e compagnia bella. Lui invece no. Niente castità.

A lui piacevano le donne. Non è un peccato per noi, ma credo non lo fosse neanche per lui.

Un giorno lo chiamò il cardinale di New York.

"Peter," gli chiese, "conosce una donna che si chiama Nana Ramón?"

"No, Eccellenza. Mai sentito questo nome."

"Strano," disse il cardinale, "perché lei è stato entrare all'Hotel Saint Moritz con questa signora, è salito in camera con lei ed è sceso solo dopo due ore!"

"Ah," gli rispose Father Jacobs, "si chiamava Nana Ramón? Veramente non lo sapevo, mi creda."

Gli scontri con la curia di New York erano sempre per questioni di donne. Certamente mai di uomini, o peggio di bambini, come successe dopo a molti ministri della diocesi di New York e anche di tante altre in giro per il mondo. Jacobs si dichiarava rovinato dal concilio di Trento.

Ex marine, si era fatto prete subito dopo la guerra.

So che sta scrivendo un libro di memorie, se riuscirà mai a pubblicarlo. Dev'essere un racconto interessante, anche se le storie che ci sono dentro le ho sentite raccontare da lui almeno un centinaio di volte. Aveva una madre che sembrava la figlia di Hitler. Che mi venga un colpo. Lei, a novantanove anni, quando sapeva che Peter era nella Stanza senza la sua approvazione, entrava a passo di carica e gli ordinava di tornare a casa. Come se lui avesse avuto dieci anni.

La dieta giornaliera della vecchia era composta da pochissimo cibo annaffiato da circa mezzo litro di bourbon e fumato da due pacchetti di Philip Morris senza filtro; quando era in Canada, pescava facendo buchi nel ghiaccio del lago. A me faceva sempre una certa impressione e ancora di più ne faceva a suo figlio, il reverendo Peter Jacobs.

Tra i miei amici ce ne sono due o tre con i quali quasi tutte le sere nella Stanza dividiamo il cibo. E le bevande. Abbiamo tutti la stessa età e ci conosciamo, a me sembra, da mille anni. Uno è avvocato, l'altro medico. Si aggiunge spesso un grande comico veneziano, Lino Toffolo, che di Venezia, anzi di Murano, ha assorbito quella sapienza intelligente che riesce a trovare in tutte le cose il lato umoristico. Il medico è di destra, l'avvocato di sinistra. Due monoteismi politici. Io sono ancora in attesa di scoprire cosa sono, ma mi sento sempre più politeista. Tre sere su quattro, la discussione va a finire in "scienza del governo", e così i Dna dei miei amici si scontrano dando vita a infinite diatribe. Nessuno dei due ha mai cambiato idea, perché ognuno ha dalla sua la verità rivelata. Tutto sommato, ascoltarli serve a capire come si muove il mondo e come potrebbe muoversi meglio se solo potessimo togliere di mezzo tutti gli -ismi con i relativi -isti. Salverei solo i ciclisti.

Se c'è una cosa che non faccio volentieri sono le interviste. Di tutte quelle che ho rilasciato solo un paio erano buone, nel senso che il giornalista era riuscito a capire qualcosa del ristorante, cosa difficilissima, tanto è vero che, dopo più di cinquant'anni, non mi sembra di aver capito niente nemmeno io. O poco, comunque. Al mattino il cibo è ancora tutto crudo, non c'è niente di cotto, e magari i cuochi sono di cattivo umore, e questi benedetti cuochi sono quasi sempre di cattivo umore, così fanno il ragù col cattivo umore, e si sente, eccome se si sente. Per fare il ragù puoi usare la carne migliore del mondo: niente da fare, se non è di buon umore il cuoco, il ragù lo capisce subito. Viene un ragù svogliato e anche un po' disonorato, perché non gli hanno dedicato la cura che si meritava. Perché anche i ragù hanno un caratterino che va bene così.

Ecco perché non ho mai voglia di rilasciare interviste. Penso sempre a chi le legge. E se l'intervistatore non ha capito niente, garantito che il lettore, anche lui, non capirà assolutamente niente di me e della Stanza. Perché spesso i giornalisti sono afflitti dalla sindrome dei critici gastronomici, vorrebbero cioè che l'intervistato fosse o la pensasse come loro. È così che i critici gastronomici hanno contribuito alla catastrofe di molti ristoranti, quelli che appartengono alla categoria della rivisitazione, che mi fa sempre pensare a un rito religioso con tanto di profeta che trasforma i cibi in modo moderno, anche se siamo già al postmoderno, così da compiere il miracolo di fare per esempio un risotto, non con il riso, ma con gli spaghetti e tutto il resto. I giornalisti sono come questi nuovi cuochi che hanno sempre bisogno di una gratificazione. "Ma guarda che bella intervista!" Oppure: "Ma sai che il sopracciglio di branzino in salsa di carote su un letto di coriandolo indiano era proprio una bomba?". E così, dopo, la gloria è assicurata.

Una delle peggiori giornaliste che abbia mai incontrato fu una giovane ex aspirante attrice, come ho saputo dopo, che un giorno mi fece telefonare dalla sua segretaria – che è un'altra cosa che non sopporto, che se qualcuno ha bisogno di parlare con me, mi fa chiamare dalla segretaria che mi dice: "Scusi, le passo il commendatore". La maggior parte delle volte mi viene da appendere la cornetta, a questi qui che si fanno annunciare dalla segretaria. Di solito sono i direttori di una banca, così, avendo io un mutuo al posto di un bel deposito, non posso riappendere affatto. Che mi venga un colpo se Gianni Agnelli, che non era il primo venuto, si è mai fatto annunciare dalla segretaria. Neanche per sogno. Se c'era una chiamata dalla Fiat, al telefono era lui in persona: "Cavo Cipviani, scusi se la distuvbo". Un vero re! E poi sapeva tutto sulla tua famiglia, come se fosse andato giocare a bocce con tuo zio fino alla sera prima.

"E come sta sua zia?"

"Benissimo, grazie, avvocato."

Magari era morta da un anno, ma chi avrebbe avuto il coraggio di dargli un così grande dolore?

Insomma, c'era una volta questa qui che voleva farmi un'intervista ed era tutta eccitata, ma anche un po' impacciata, perché per un'ex aspirante attrice fare un'intervista non è cosa da poco – anche se, quasi certamente, lei c'era arrivata dopo aver preso una bella rincorsa su qualche letto king size.

Appena la vidi mi riuscì subito antipatica.

Intanto non era affatto bella come aveva fatto pensare la voce al telefono, adesso che ci penso quella della segretaria era molto meglio della sua, e poi aveva un'aria impedita come di una che non ha la minima idea di cosa chiedere.

Cominciò subito con la domanda più ovvia. Quella che mi hanno già fatto quattrocentomila volte. Non si era neanche minimamente preparata, non sapeva nulla della Stanza e dei libri che le avevo dedicato e compagnia bella. Una dilettante. Uno scrittore, per quanto oste, vuole, dico *pretende*, che l'intervistatore abbia letto almeno il risvolto di copertina del suo libro, o come minimo che ne conosca il titolo.

Estrasse dalla borsetta un piccolo registratore, lo accese e lo spense un paio di volte.

"Non le dispiace, vero, se registro?"

"No, affatto."

"Perché il nome Harry?"

Ecco! Che mi venga un colpo!

"C'è scritto nel mio libro," le risposi secco. "Lo legga."

"Perché, lei ha scritto un libro? Che carino! Mi scusi. Mi racconti qualche fatto curioso."

Un'altra domanda banale.

I ricordi dei fatti accaduti in cinquant'anni sono sempre lì presenti, ma non tutti assieme, ci mancherebbe altro! Io i ricordi posso solo guardarli dal buco di una serratura e tirarli fuori a uno a uno. Come sempre. Qualcuno esce per la coda, un altro per la testa.

"Mi racconti degli uomini famosi che ha incontrato."

Zero. Mi venne voglia di alzarmi e andarmene.

"Veramente è difficile," risposi. "Anzi, no, guardi, non ci sono stati uomini famosi. Ricordo un bravissimo elettricista e anche un idraulico. Poi c'è stata una squadra di pittori che in una notte, lasciati soli con le bottiglie del bar in vista, si sono ubriacati e hanno fatto cinque milioni di danni."

"Cosa mangiava Hemingway?" Sembrava offesa per il mio aneddoto.

"Un po' di tutto."

"E cosa beveva?"

"Gin, credo. A proposito, Woody Allen va pazzo per i tagliolini al pomodoro." E aggiunsi: "Non ordina altro perché la sua timidezza gli impedisce di andare oltre la prima riga del menu. Un giorno, dopo essersi portato a casa la nostra pasta da cuocere mi disse: 'Ci vuole molto coraggio a togliere i tagliolini dall'acqua dopo solo un minuto'".

La giornalista rise scioccamente senza aver ben capito. Avrebbe potuto esserci un'interpretazione diversa da quella un po' surrealista voluta dal signor Allen.

Il registratore intanto andava avanti a fare il suo mestiere e lei ogni tanto lo toccava e lo esaminava per vedere se funzionava. Era molto imbarazzante.

Infine chiese: "Mi parli di qualsiasi cosa. Perché ha deciso di aprire un ristorante negli Stati Uniti?".

Veramente è a New York, pensai. Poi risposi:

"La curiosità di sapere cosa c'è dietro il tramonto del sole".

"Oh," disse lei che non aveva capito.

"Che non è la stessa del desiderio di essere informato di cosa c'è prima dell'alba. Perché comunque il sole si accende ogni giorno come al solito da quella parte. E molti anzi tirano un sospiro di sollievo. Pochi lo vedono, perché hanno paura che non si accenda. Solo i nottambuli e gli operai pendolari. L'Oriente non mi ha mai incuriosito. Neanche archeologicamente. Non c'è mistero. Basta aspettare che arrivi. Arriva sempre. E New York è l'ombelico del mondo," aggiunsi.

Lei rise. "L'ombelico? Non ci avevo mai pensato."

"Il centro," cercai di spiegarle, "New York è il centro del mondo. Si dice così, anche. L'ombelico. È la stessa cosa. A New York ci sono i monti e i mari, le praterie sconfinate, i deserti e le strade piene di gente che corre sul percorso della vita. C'è Venezia, anche."

"Come?" chiese lei. "Venezia?"

"Ci vada e vedrà."

Questa qui proprio non afferrava niente. Non avevo nessuna voglia di spiegarle perché le due città si assomigliassero tanto. Non l'avrebbe capito.

Mi ero stufato. Così le chiesi:

"Le piace il suo lavoro?".

"Molto," rispose l'ex aspirante attrice.

"Perché?" insistei.

"Be', così." Era imbarazzata.

Adesso ero io che facevo le domande.

"Su, mi dica, sono curioso." Il mio nervosismo era evidente. Ponevo le domande in tono sarcastico, come conoscessi già le risposte. "Non ha mai pensato a fare qualcos'altro?"

"Be', sì."

"Che cosa?"

Silenzio.

"Ma lei non è gentile." La voce le tremava. Stava per scoppiare a piangere.

Mi alzai.

"Io avrei finito."

"Che cosa posso scrivere?" implorò lei.

"Scriva quello che vuole. Se sa scrivere non dovrebbe essere difficile."

La lasciai lì seduta al tavolo. Credo che mi odiasse.

Sette

Fu un cliente a diffonderla. Fama usurpata! Lo incontrai la prima volta una sera d'inverno nella Stanza. Non c'era quasi nessuno, così cominciai a parlare con lui del più e del meno. Alla fine gli chiesi il nome. Lui mi rispose che era così difficile che non me lo sarei mai ricordato. Si chiamava Potchter. Me lo scrissi sul taccuino. Poi lui partì e ritornò dopo due anni. Appena lo vidi gli dissi: "Buonasera, Mr Potchter". Mi ricordavo il nome solo perché me l'ero segnato. Dopo quel giorno, credo che in America Mr Potchter non abbia fatto altro che parlare della mia memoria per i nomi. Ho una buona memoria visiva e difatti non mi ricordo mai i nomi, ma i visi sì. Sempre. Riconosco subito i clienti affezionati, solo che siccome ho dimenticato il nome non ho nemmeno il coraggio di chiederglielo. Mi prenderebbero come minimo per deficiente o, peggio, penserebbero che sono in preda a un attacco di Alzheimer. E non avrebbero tutti i torti.

Così quando aprii il primo ristorante a New York (la prima volta a New York è come la prima volta a Venezia, la prima volta che ti innamori, che vedi il mare, la neve, la prima volta che ti accorgi delle nuvole), per quattro o cinque giorni mi sembrò di essere arrivato in pieno Giudizio universale. Venivano a centinaia, neanche fosse la valle di Giosafat. E me li ricordavo tutti, voglio dire le facce. Non avrei mai creduto che a

New York avessimo così tanti clienti. E tutti: "Si ricorda quando ero a Venezia?".

New York è fatta così. Ti abbraccia come se fosse una vecchia amica. Vai per la strada e conosci tutti, e io ho capito perché. C'è questa cosa, un'anima, che ti entra dentro e ti fa somigliare agli altri. Perché tutti, anche se sono uno diverso dall'altro, hanno dentro il Dna di New York. Non è che sei di New York, ma sei lì, e ti comporti di conseguenza. Se hai capito la città, sei uno del posto. Che è un po', credo, ciò che succede nella Stanza. Quella di cui sono stato prigioniero per cinquantacinque anni, anche se in realtà ho un paio di prigioni. La Stanza e New York. Che poi a New York mi hanno messo in prigione sul serio. In prigione nella prigione.

I miei grandissimi e carissimi avvocati si erano dimenticati di una legge che, se se la fossero ricordata, non sarebbe successo niente. Invece, siccome pensavano solo ai soldi, è successo, perché a New York ci vuole un avvocato anche per attivare il contatore della luce. Come si sono organizzati lì gli avvocati, non esiste in nessun'altra parte del mondo. Da noi in Italia abbiamo gli avvocati, i commercialisti, i notai. In America sono tutti avvocati super specializzati. Così, se hai bisogno di un parere, il minimo della pena è averne tre. Insomma, i miei avvocati si erano scordati la nuova legge, che invece il procuratore generale conosceva benissimo, e, quando si accorse che neanche noi la conoscevamo, fummo costretti a nominare nuovi avvocati per difenderci da un reato che avevamo commesso senza saperlo. *Ignorantia legis non excusat*, si dice in latino, ma vale per tutte le lingue. Tira e molla, si misero d'accordo per farci pagare una super multa, a patto che io e mio figlio ci dichiarassimo colpevoli, più io che lui anzi. Per via che sono più vecchio. Così gli avvocati, i primi, l'avrebbero passata liscia. Tra l'altro, la multa non l'avrebbero mica pagata gli avvocati, ma noi. E la parcella pure.

Così, il giorno della dichiarazione di colpevolezza andammo in tribunale. Il procuratore ci aspettava con i nostri nuovi avvocati che ci difendevano. Io ero di buon umore, e anche Giuseppe, mio figlio, perché sapevamo di non aver fatto niente di male. Lo sapeva anche il procuratore, e con lui gli avvocati. Entrammo in un piccolo ufficio per le presentazioni. "Buongiorno, come sta?" "Bene, grazie, e lei?" Tutti gentili e anche, mi sembrò, un po' sorpresi, voglio dire il procuratore e il suo aiutante, perché credo che si aspettassero di trovarsi di fronte a due tagliaborse del tipo italo mannaggia. E invece eravamo eleganti, ma non di quell'eleganza vistosa con i braccialli d'oro e compagnia bella, ma come siamo di solito noi nella Stanza, in giacca e cravatta. Anzi, da quel momento, dopo che il procuratore ci disse che i nostri nuovi avvocati, che intanto annuivano soddisfatti, avevano fatto un ottimo lavoro per tirarci fuori, sembrava, dall'ergastolo, lui, il procuratore, si dimostrò gentilissimo e ci disse che gli dispiaceva veramente, si fa per dire, ma che fino all'arrivo del giudice ci avrebbero tenuti sotto custodia in una stanza con le sbarre di ferro, e che per camminare per i corridoi, per motivi di sicurezza, sarebbero stati costretti a metterci le manette. Poi si preoccupò della mia salute e mi chiese un paio di volte se mi sentivo bene. Gli dissi di sì, benissimo. E se volevamo qualcosa da mangiare o magari un caffè. No, grazie, l'avevo già preso a casa assieme a una mela. E avevo anche fatto ginnastica come tutte le mattine. Ma questo non glielo dissi.

Intanto, l'assistente di uno degli avvocati, una bella ragazza che chiamavano "avvocato" per aggiungerla alla parcella e che assomigliava moltissimo a un'attrice di cui come al solito non mi ricordo il nome, ma il viso sì, cominciò a guardarmi con aria afflitta, ma proprio dispiaciuta, così le chiesi se per caso non avesse avuto un lutto in famiglia e che, magari più tardi, quando mi avrebbero lasciato libero, se non aveva di meglio da fare, sarebbe potuta venire a cena in uno dei nostri ristoranti, tanto per consolarsi del grande dispiacere che provava per me che stavo per essere rinchiuso in una cella. Lei proprio non sopportava di vedermi soffrire. La trovai un po' patetica, anche perché era la prima volta che la vedevo.

Poi ci rinchiusero in una gabbia, non in una vera e propria cella. Era situata in mezzo a un ufficio dove una decina di impiegati, tutti con la pistola dietro i pantaloni, ammazzavano il tempo mangiando panini e guardando intensamente dei monitor che dovevano essere pieni di delinquenti a piede libero. Dopo un po', fecero entrare nella gabbia anche un altro detenuto, che più tardi scoprii essere sordomuto, infatti quando ci raccontavamo le barzellette, io e mio figlio Giuseppe, non aveva mai sorriso. Neanche una volta. O forse era una spia addestrata a non ridere. Non l'ho mai capito. Dopo un po', vennero a prenderci per portarci alla macchina delle impronte digitali. Erano in due. Una poliziotta molto carina e un collega. Ci rimisero le manette, a Giuseppe con i polsi dietro la schiena, a me davanti, perché avevano paura che cadessi dalle scale, che invece le feci velocissime, come sono abituato a farle nella Stanza quando vado e vengo dal piano di sopra. La poliziotta fece fatica a starmi dietro e quasi cadeva lei. Così ridemmo un poco e le chiesi se era mai venuta a Venezia. Lei disse di no, ma che le sarebbe piaciuto un mondo. La macchina delle impronte era fantascientifica e così difficile da adoperare che ci mettemmo circa due ore a prendere le impronte, e meno male che non sono nato con ventiquattro dita come aveva temuto mio padre. Poi ci fecero la foto, due anzi, una anche di profilo, e poi in gabbia per un altro paio d'ore, con il procuratore che veniva ogni tanto per sapere come stavo di salute. Era molto premuroso, credo avesse paura che morissi prima del processo. Ci disse che gli dispiaceva se non aveva potuto lasciarci uscire prima. Non dipendeva dalla sua volontà: doveva attendere l'arrivo del giudice. Giuseppe gli rispose che non si dispiacesse, che anzi lo ringraziava perché era la prima volta che aveva l'occasione di stare da solo assieme a suo padre per così tanto tempo.

Quando arrivò il giudice ci portarono nell'aula per fissare il giorno del processo, ma questa volta senza manette. All'uscita una giornalista voleva sapere come si cucina la pasta e tante altre cose che le avrei spiegato volentieri, se i nostri avvocati non ci avessero detto di non parlare con nessuno, nemmeno con l'autista, perché anche lui avrebbe potuto essere un giornalista in cerca di scoop.

Ci fecero anche un sacco di foto con noi sorridenti che il giorno dopo vennero pubblicate sul "New York Post". Peccato non indossassi i miei pantaloni alla zuava.

Nel '45 in galera c'era stato anche mio padre. Anche lui per una cosa che non aveva fatto. A Venezia.

Il 26 luglio 1944 i partigiani avevano fatto scoppiare una bomba a Ca' Giustinian, sede del Comitato regionale del nuovo Partito fascista della Repubblica di Salò.

I fascisti se la sarebbero dovuta aspettare, la bomba, perché era l'anniversario del 25 luglio 1943, giorno in cui Mussolini era stato destituito dal Gran consiglio fascista e imprigionato sull'Isola di Ponza.

Pochi hanno voglia di ricordare che il 24 luglio 1943 in Italia c'erano quarantacinque milioni di fascisti, e il giorno dopo quarantacinque milioni di antifascisti. Miracolo! Tutto questo senza campagna elettorale. Un successo del popolo. Il gregge aveva cambiato pastore.

Quella mattina del 26 luglio 1944, mio padre e io ci trovavamo all'inizio del Canal Grande, sulla nostra barca a remi. Vogavamo contro corrente, quasi fermi, quando, a circa trenta metri sulla sinistra, Ca' Giustinian esplose. Una deflagrazione fortissima che scaricò con estrema violenza un'enorme quantità di fumo densissimo e detriti dalle finestre della facciata del palazzo nelle acque del canale. Dalla paura quasi ci rimasi secco.

Noi eravamo diretti, come al solito, verso l'imboccatura del porto, dove mio padre, scrutando l'orizzonte, si sarebbe chiesto come mai gli americani non erano ancora arrivati. Dopo lo scoppio mi disse che era meglio non tornare a casa, perché pensava che i fascisti sarebbero andati ad arrestarlo.

Così rimanemmo in barca tutto il giorno. Io con un bel po' di tremarella. I fascisti vennero a casa nostra quel pomeriggio, ma noi non c'eravamo. Qualche giorno dopo furono fucilati tredici innocenti e lui sarebbe potuto essere tra questi. Anche allora c'erano i terroristi e anche allora, come sempre, invece di consegnarsi all'invasore, dopo lo scoppio, scappavano e lasciavano fucilare al posto loro gente che non c'entrava niente. La colpa di mio padre era quella di essere il padrone della Stanza, che era considerata un covo di antifascisti e di ebrei, tanto che i fascisti avevano attaccato alle pareti un cartello che recitava: "In questo locale non sono ammessi gli ebrei e i cani". Il giorno dopo l'attentato mio padre andò a trovare il console tedesco, che conosceva bene perché il tedesco lo sapeva meglio dell'italiano. Lo aveva imparato in Germania, dove la sua famiglia era emigrata prima della guerra del '15-18. In cambio della salvezza, il console si fece promettere da mio padre che sarebbe diventato una spia dopo il ritiro delle truppe tedesche sulla linea del Piave.

Naturalmente mio padre disse di sì, ma fece in tempo ad avvertire due clienti fidati che non lo avrebbe mai fatto. La spia, dico. Erano il barone Rubin, agente dell'Intelligence Service, e il vicequestore di Venezia.

Alla fine della guerra il nome Cipriani Giuseppe fu trovato sulla lista delle spie e mio padre fu arrestato dagli Alleati. Rimase in galera due giorni, fino a che il barone e l'ex vicequestore non lo scagionarono completamente.

Non erano tempi facili, ma erano anche i momenti indimenticabili della scoperta della libertà. La gioia di mio padre ne fu offuscata, ma me lo ricordo ancora quando tornò a casa dalla prigione: sorridente, contento e con la barba lunga di tre giorni. E il pianto di gioia di mia madre.

La Stanza riaprì poco dopo, ma, me lo disse a distanza di qualche anno, mio padre non aveva più tanta voglia di lavorare.

Otto

E invece lavorò. Più di prima. Perché questo succede con la Stanza. Magari un giorno pagheresti un paio di milioni di vecchie lire pur di stare a casa. Per mille ragioni. Tutte validissime. Salvo la stanchezza. La stanchezza, che d'altra parte non so neanche cosa sia, è l'ultima ragione. Mai una volta che abbia sentito mio padre dire: "Sono stanco," come fanno tanti clienti che quando gli chiedi come stanno, ti rispondono: "Sono stanco morto". E nemmeno io l'ho mai detto, anche se qualche sera non sto in piedi, che magari forse la stanchezza è quella. Io ho sempre creduto che la stanchezza sia il sonno. Ma l'altra, quella che intendono gli altri, è come quando ti senti l'influenza. E allora non sei stanco, ma ammalato. Comunque mio padre mai una volta che l'abbia detto, che mi venga un colpo: "Come stai?". "Una bomba." E il giorno dopo, se gli chiedevi ancora "Come stai?", "Benissimo," ti diceva. "Ieri stavo male, anzi malissimo." Roba da ucciderlo e compagnia bella.

Ci sono dei giorni, anzi delle sere, quando nella Stanza devi andarci per il secondo tempo, che proprio non ne hai voglia. E così ti sforzi. E accade sempre la stessa cosa. Appena sei dentro, la benedetta voglia ti viene. Ti metti a girare per i tavoli a chiedere se va tutto bene e magari a togliere qualche piatto se i clienti hanno finito, e ultimamente a salutare quelli che si alzano anche in piedi per rispetto all'avanzamento dei lavori della tua età, che una volta non succedeva mai. È perfino imbarazzante, perché dentro io non sono come mi si vede in fotografia, con tutte quelle rughe e senza capelli e con la faccia da vecchio. Mi sento forte quasi più di prima, di quando avevo trentacinque anni, quando mi ricordo che una volta un cliente mi disse: "Ma sa, Cipriani, che lei non invecchia mai?", e siccome aveva bevuto un paio di Negroni non c'era dubbio che mi aveva scambiato per mio padre. Che mi venga un colpo. Quella è stata la prima volta che ho capito che non ero più giovane. Un bel complimento mi aveva fatto!

Mi sono sentito quasi come il giorno dopo l'operazione alla prostata con il professor Pagano – del quale sono diventato l'urologo di fiducia perché ne so più io sulla prostata di tutti i luminari messi assieme –, il quale mi annunciò con voce compunta, sedendosi a fianco del letto: "Abbiamo guadagnato dieci anni, ma, mi dispiace, non potrà più avere figli". "Vuol dire orfani," gli risposi, perché un figlio a sessant'anni è un orfano. E poi, dieci anni non mi sembravano poi tanti. Avesse detto venti. Ancora, ancora. Ma dieci! Mi sembrava che fossero già passati. E comunque, al di là della possibilità di fare altri figli, senza la prostata c'è qualcosa che non puoi più fare, anche se ti dispiace rinunciarci. Ci sono parti del nostro corpo che una volta tolte non ricrescono e ne senti la mancanza. Voglio dire che non sono come gli stone crab del ristorante Joe's Stone Crab a Miami. Quello lì è un posto fantastico, quasi una Stanza, con quei maître di colore vestiti con lo smoking che ti fanno tornare agli anni trenta. Ti mettono davanti con solennità un enorme piatto ovale con i jumbo stone crab, che sono poi le chele strappate ai granchi giganti. Che poi i granchi li ributtano in acqua e la chela con calma ricresce ed è buona per un'altra volta.

Con la prostata è diverso. Non ricresce. Vivi lo stesso, magari anche meglio, però quel pezzo ti manca. Niente a che vedere con i denti del giudizio, dei quali puoi fare benissimo senza. La prostata è una scheggia importante. Qualche nostro cliente l'ha usata anche in età avanzata per fare altri figli con una donna nuova. E ci vuole un bel coraggio a fare una seconda famiglia, e magari anche una terza. Io non avrei mai potuto, a parte la mancanza della prostata, ma perché, come ho detto, lei, mia moglie, è, ed è stata, l'unica donna vera della mia vita. Io sono sempre stato innamorato della stessa donna, anche se magari adesso in maniera diversa, e pensare di fare altri figli con un'altra mi ci sarebbe voluta una bella immaginazione. Che mi venga un colpo.

Come ho detto, appena arrivi nella Stanza tutto passa. Senti subito una spiritualità che qualcuno chiama banalmente atmosfera. E invece io so che cosa è. È lo spirito di tutti quelli che sono lì dentro e che si spande per la Stanza fino ai più piccoli angoli. Lo puoi quasi toccare.

Come è successo al sovrintendente ai Beni culturali di Venezia quando è venuto per la prima volta a curiosare nella Stanza. Lui prima era l'ispettore a Roma e quando aveva letto la pratica che accompagnava la richiesta di proclamare l'Harry's Bar bene storico nazionale, si era quasi messo a ridere perché, primo, non era mai stato nella Stanza e, secondo, conosceva solo un'imitazione dell'Harry's Bar, quella di Roma. Senza offesa, l'Harry's Bar di Roma assomiglia a quello di Venezia come un telefono a un limone. Dopo la sua nomina a sovrintendente di Venezia, questo signore venne nella Stanza una volta o due. Io lo tenevo d'occhio da lontano, non gli chiedevo se andava tutto bene, e lui si guardava in giro come per assorbire lo spirito. Credo che ne sia rimasto folgorato, perché so che un giorno disse a un amico: "Non me ne vado da Venezia se l'Harry's Bar non è diventato monumento nazionale". E così è stato. Il professor Cecchi, si chiama così, è un uomo di grandissima sensibilità. D'altra parte, se non l'avesse non farebbe il mestiere che fa.

Se guardo la mia vita, mi pare che non sia mai successo niente. I miei compagni della Stanza sono stati, di volta in volta, scrittori, attori, grandi industriali, grandi finanzieri, aristocratici, coppie di amanti, sposi, ubriachi, prepotenti, gentili, personaggi, bambini, vecchi, giovani, politici, Brigate Rosse. Ma non è che ci siamo parlati a lungo, al di là della mia consueta domanda: "Va tutto bene?", oppure: "Ha mangiato bene?".

Li ho sempre guardati con rispetto e ho sempre cercato di dare il meglio di me stesso. Erano i miei clienti. Protagonisti senza essere protagonisti.

Se voglio rivederli, li guardo dal buco della serratura del cervello. E vengono fuori uno alla volta.

Non sono quasi mai le famose celebrità. Perché le celebrità sono persone normali che vengono nella Stanza a mangiare e bere, e magari a passare un'ora o due in tranquillità. Si comportano come tutti gli altri. Chissà cosa si aspetta la gente da una celebrità? Magari che si metta a ballare sul tavolo? Anzi, sono felici quando si accorgono che nella Stanza sono trattate come tutti gli altri clienti. E che magari nessuno le nota. Possono succedere cose come questa.

Un giorno c'era Giorgio De Chirico che mangiava con la moglie. Lui diceva sempre di avere tantissimi falsi in giro per il mondo. Molti sapevano che in realtà alcuni erano originali. Ne aveva fatti talmente tanti che probabilmente non se li ricordava. De Chirico non sorrideva mai. Per lui parlava la moglie. A ogni modo, quel giorno entrò il pittore Matta. Lui sì simpaticissimo e sempre in vena di scherzare. Un cliente, che conosceva entrambi i pittori, gli andò incontro e gli disse: "Matta, ti presento il maestro De Chirico".

De Chirico si alzò un po' pesantemente e bofonchiò di malavoglia un "buongiorno". Subito Matta gli tese la mano e chiese: "De Chirico? Quello vero o quello falso?".

Uno spasso vedere la faccia del vecchio De Chirico, che nella vita non aveva ancora scoperto l'umorismo. D'altra parte era ormai tardi per scoprirlo. Credo che non gli sia mai successo.

Poi il signor Mario. Ecco un altro amico che viene fuori

dalla serratura. Mi manca molto, da quando si è iscritto al Club dei Trapassati.

Il signor Mario era diverso da tutti gli altri. Era un razionale folle. Perché ho scoperto che la vera razionalità è un po' anormale. Mio padre era razionale, ma non sempre il suo ragionamento seguiva linee prevedibili. La riflessione qualche volta arriva a conclusioni all'apparenza assurde perché spesso nei percorsi mentali di certi uomini, non tutti per fortuna, vengono saltati alcuni passaggi, scontati per loro ma non per tutti gli altri.

Il signor Mario era uno di questi, come mio padre. Era anche molto generoso. Se avesse avuto ancora tutti i soldi che aveva regalato agli amici, e tutti quelli che aveva perso nei casinò, sarebbe stato l'uomo più ricco d'Europa.

Per anni era vissuto nella sua bellissima casa nel centro di Vicenza. Un giorno, un amico di Padova gli aveva chiesto asilo per lui e la moglie per una settimana.

Dopo un anno erano ancora lì, così Mario un giorno disse all'amico: "Sai, caro, siccome tu e tua moglie andate a letto alle sette di mattina, che è l'ora in cui io mi alzo, forse è meglio che ci dividiamo".

"Hai ragione, andiamo via."

"No," rispose, "vado via io."

Così andò a stare in una casetta in collina vicino alla città. E l'amico e la moglie dell'amico sono ancora nella sua vecchia casa. Anche adesso che è morto.

Un giorno mi disse che non aveva voluto vedere la madre morente perché: "Me la voglio ricordare bella come quando stava bene".

Aveva un'amica bellissima, forse la più bella donna che abbia mai visto, e ogni tanto mi diceva: "Chissà che non trovi un bravo ragazzo!". Ti faceva venire un colpo con queste battute, che battute non erano. Ma era colpa del suo pensiero. Della razionalità. Ecco!

Mario era anche il re dell'ospitalità.

A casa sua la porta non era mai chiusa a chiave. Il frigorifero era sempre pieno di champagne e del miglior salame del mondo. E compagnia bella.

Quando veniva nella Stanza, erano tutti in subbuglio, dai cuochi ai camerieri.

"È arrivato il signor Mario!" I cuochi mettevano la testa fuori dalla porta della cucina per ascoltare i suoi commenti sui piatti. Lui diceva sempre la verità. Magari un po' esagerata. Ma era la verità. Assomigliava al principe Ruspoli. Quello del risotto al cemento.

Anche lui, come i vecchi clienti di mio padre, mi diceva: "Quando c'era suo padre ero trattato come un re. Adesso mi fa aspettare il tavolo. Con lei non sono più nessuno". Ma lo diceva con affetto perché mi voleva bene. E io ne volevo a lui. Anche se continuavamo a darci del lei.

Quando si ammalò per la prima volta in vita sua, lo portai io in ospedale.

Al pronto soccorso gli chiesero la tessera sanitaria.

"Che cos'è?" disse.

"Il documento per essere ricoverati. Perché, non ce l'ha?"

"Mai avuta. Credevo di essere immortale."

Non si lasciava mai sfuggire l'occasione per fare una battuta.

Quella fu la sua unica malattia. Quella che lo uccise. L'ultima.

Io credo che, se esiste un aldilà, dev'essere il posto più noioso del mondo. Questa è la pena. Io lo preferisco come qualche volta lo vedo in sogno.

Intanto, non muoio mai di malattia. Ma di un colpo. Nel senso proprio di un colpo. Uno scontro. Per esempio, con una briccola della laguna.

Dopo il colpo, c'è una coda lunghissima di trapassati in attesa della carta di passaggio che due tipi piuttosto loschi distribuiscono a uno sportello.

Non ci sono troppe difficoltà, basta dire cognome nome data di nascita e religione. Quando viene il turno dici:

"Arrigo Cipriani, nato a Verona, ateo".

E qui c'è il primo problema.

"Ateo non va bene," risponde il tipo, e aggiunge: "Deve dire una religione".

"Una qualsiasi?"

"Una qualsiasi."

"StraDeiVari."

"Mai sentita!"

"Strano," dico. "È conosciutissima."

"Monoteistica?"

"Con quel nome!"

"Allora politeistica!"

"Stra, Dei, Vari. Direi!"

"E quanti dei avete?"

"Finora settecentotrentadue, ma potrebbero aumentare."

"Dove avete la sede qua?"

"A me lo chiede? Se non lo sa lei..."

"Mario! Sai dove sono gli stradivari?"

"Vuoi dire StraDeiVari?"

"Ma sì, Stradeivari. Fa lo stesso!"

"Eh no, che non fa lo stesso."

"Va bene, va bene. Ecco." Il tipo mi dà la carta col timbro, dopo di che dice: "Terza porta a destra, poi fino in fondo al corridoio, bussi ed entri".

Quando arrivo alla porta busso.

"Avanti!" risponde una voce femminile molto calda.

"Sono qui gli StraDeiVari?" chiedo.

"Sì. Come sta?"

"Così così. Non avrebbe un'aspirina? Ho preso una botta su una maledetta briccola e ho un mal di testa da morire."

"Aspirina, no. Però se vuole ho una supposta di glicerina."

"Scherza o fa sul serio?"

"Faccio sul serio. Crede che l'aspirina sia meglio della supposta?"

"Direi."

"Forse non ha capito dove siamo. Qua può prendere anche stricnina, tanto non cambia niente."

"Che mi venga un colpo!"

"Come ha detto?"

"Che mi venga un colpo!"

"Cosa vuol dire?"

"È un'esclamazione. Nella religione StraDeiVari, sulla terra, siccome sarebbe troppo difficile bestemmiare contro settecentotrentadue divinità, per comodità diciamo: 'Che mi venga un colpo!'."

"Sarebbe come porco qui, puttana là...?"

"Eh, proprio così."

"Che mi venga un colpo!"

"Non l'ha detto bene. Provi a dirlo così: Che mi venga un colpo!!!"

"Che mi venga un colpo!!! Così?"

"No. Che mi venga un colpo!!!"

"Parli piano, ci sono dei bambini. E poi non so proprio dirlo."

"A parte che lei è una donna e non sta bene per una donna bestemmiare."

"Che mi venga un colpo! Che mi venga un colpo! Che mi venga un colpo!" continua a ripetere lei a bassa voce.

"In quanti siete qui?" chiedo.

"Tanti bambini. Niente adulti."

"Come mai?"

"Perché nessuno si è mai sognato di appartenere a questa religione. I bambini sono qui perché sono morti prima del tempo."

"Che mi venga un colpo!"

"Come va la testa?" mi chiede premurosa.

"Meglio, grazie."

"Ha visto? Non ha avuto bisogno di prendere niente."

"Ha ragione. Cosa fate tutto il giorno?"

"Quale giorno?"

"Giorno per dire tempo."

"Niente."

"Niente?"

"Niente."

Intanto è arrivata Giunone con il carrello della spesa.

"C'è posta?" chiede.

"Una prioritaria."

"Grazie."

Poi Giunone comincia a leggere. È dimagrita, da come me la ricordavo. Non tanto. Ma insomma, il sedere non è più quello.

"È dimagrita," le dico.

"Eh, sì, bel giovanotto, dodici chili," risponde Giunone, e aggiunge continuando a leggere, "in tre mesi."

"Non male," le dico, "però la preferivo prima."

"Gentile," risponde Giunone.

"Mi scusi. Ma io sono per le dee un po', come dire, giunoniche," spiego con un sorriso conciliante.

"Non si usa più."

"Forse qui da voi. Ma giù vanno di moda."

"Comunque, bel giovanotto, quando vuole le posso far vedere che funziona anche così."

"Prima devo ambientarmi un po'."

"C'è tutto il tempo."

"Ci vediamo."

"Quando vuole, bel giovanotto."

"'Giorno."

"'Giorno."

E alla fine entro nel grande salone.

E qui di solito mi sveglio. Ma mi piacerebbe che il Club fosse fatto così.

Una cosa è certa. Là non ci sarà la Stanza. E nemmeno le altre cose e tutto quanto.

Nove

Da bambino, l'acqua alta e la neve erano due eventi da non perdere perché non è che accadessero spesso. Nevicava ogni quattro o cinque anni e l'acqua era alta in media una volta all'anno, e quasi sempre un paio di giorni dopo la posatura del pavimento in legno che mio padre ogni inverno sistemava nella Stanza sopra quello di marmo gelato, per tener caldi i piedi dei clienti. L'acqua alta era un divertimento per noi bambini: sguazzavamo nelle calli e nei campi con gli stivaletti di gomma, che alla fine, per via dei calci, dei salti e dei capitomboli, si riempivano d'acqua completamente. Mio padre era un po' meno contento perché, per rimettere in sesto il parquet, doveva richiamare i falegnami che lavoravano tutta una notte, in modo da non chiudere mai la Stanza ai clienti.

I reggitori della cosa pubblica a Venezia vengono quasi tutti dalla terraferma e scambiano l'acqua alta per un'alluvione. E invece non lo è. Garantito! Nella storia di Venezia l'acqua alta c'è sempre stata e nei secoli ha contribuito a tener pulita la città e ad ammazzare i topi. L'acqua viene su pian piano dagli scarichi stradali dell'acqua piovana. Non è mai un'inondazione violenta, ma un allagamento lento che ha un moto verticale.

Il 4 novembre 1966, anzi cominciò il 3, in Italia ci fu il grande ciclone. Uno di quelli che arrivano ogni cinquecento anni. Firenze fu sommersa dal fango, nelle valli alpine settanta persone morirono travolte dalla corrente dei fiumi in piena.

A Venezia ci furono due acque alte consecutive. La seconda si sovrappose alla prima. Cose mai viste. Il 4 fu un giorno di morto d'acqua. Si chiama così quel giorno in cui non c'è marea. Succede vicino a ogni cambio di luna: la marea si ferma per ventiquattr'ore. Così l'acqua, spinta solo dall'enorme furia del vento, arrivò a un livello sconosciuto da centinaia d'anni. Non fu alluvione, ma acqua alta, anzi altissima. Lascia fare alla stampa per venderla come una pericolosissima inondazione. Come ho detto, la mattina del 4 novembre 1966 l'acqua era ancora lì dalla sera prima, perché la luna non riusciva a vincere la furia del vento.

Saranno state le dieci.

I miei della Stanza erano venuti tutti a lavorare perché pensavano che all'ora di colazione sarebbe finita. Ero solo al piano terra, nell'acqua, con gli stivali, tutti gli altri erano al primo piano in attesa che la marea si ritirasse. Il livello, dentro la Stanza, era cresciuto fino a raggiungere i settanta centimetri. Ero in piedi davanti al banco del bar, affascinato dal nuovo aspetto della mia prigione. Avevo anche bisogno di fare pipì. E poi non valeva la pena andare in bagno, perché tanto l'acqua era dappertutto. Così la feci in mezzo alla sala. Una specie di battesimo. Fu un gesto affettuoso. Da fare una volta ogni cent'anni. L'acqua aveva allagato tutto e aveva unito le cose. Non si andava dalla Stanza alla cucina, ma si camminava in mezzo all'acqua che era dappertutto. Un'emozione strana. Allegra, anche. In questo mondo dove si vuole che la sensazione dominante sia la paura. L'acqua, da sempre amica di Venezia, da quel giorno fu trasformata in una nemica. Da fonte di vita a messaggera di morte. L'anno dopo fu concepito il Mose. Una serie di paratie mobili messe all'entrata dei tre porti che uniscono la laguna al mare, con lo scopo di impedire alla marea di entrare quando supera un certo livello. Sembra facile, invece è difficilissimo, tanto è vero che a quarant'anni di distanza l'opera gigantesca non è ancora finita. Questo sistema lo hanno chiamato Mose, che non ha nulla a che fare con Mosè, quello del Mar Rosso, ma è un nome trendy, che è un acronimo di MOdulo Sperimentale Elettromeccanico.

Quando funzionerà non avremo più l'acqua alta. Sono sicuro che ai bambini mancherà. Un po' meno ai grandi. D'altra parte, nel 1966 non crollarono né le case né i palazzi. I grandi danni furono causati dagli uomini, non dall'acqua. Moltissimi negozi furono distrutti dai dementi che correvano a tutta velocità con i motoscafi per le calli. Poi si ruppero i serbatoi del gasolio da riscaldamento, che imbrattò la città di grasso, e infine completarono l'opera i geni dell'azienda elettrica, che erano riusciti a piazzare i trasformatori sotto il livello della marea, motivo per il quale la città rimase senza energia per due giorni. Negli ultimi anni, per seminare un po' di panico tra il gregge, alcuni Soloni hanno profetizzato che l'acqua dei mari nei prossimi cinquant'anni, per via dell'effetto serra, salirà inesorabilmente di decine di centimetri. Una tromba particolarmente efficace è quella di un grande esperto dell'Ambiente, il quale è presidente di innumerevoli enti che si occupano del fenomeno e dai quali è opportunamente stipendiato. Lui anticipa che tra un paio di decenni ondate gigantesche non solo sommergeranno la città, ma anche la terraferma e compagnia cantante. Naturalmente se, come è prevedibile, questo non succederà, lui, da morto, non ci sarà più. Quando ero piccolo, come ho detto, l'acqua alta era un evento festoso, adesso devo sforzarmi di nascondere la mia allegria.

Verso mezzogiorno del 4 decidemmo di lasciare la Stanza al suo destino, visto che non c'era altro da fare. Ci saremmo rivisti la mattina dopo. Intanto avevamo mangiato e bevuto al primo piano, così in due o tre andammo in piazza San

Marco, dove l'acqua era davvero alta, e, immersi fino al petto, ci mettemmo a cantare canzoni propiziatorie del tipo *Il re della pioggia*. Verso le due portai la colazione a casa al professor Siciliano e a sua sorella, che erano clienti abituali ma erano troppo anziani per avventurarsi nell'acqua. Nessuno di noi prese nemmeno un raffreddore. Che mi venga un colpo.

In ogni modo, la Stanza riaprì il giorno dopo e, siccome gli altri ristoranti erano chiusi, servimmo anche duecento clienti alla luce delle lampade a petrolio. E la Stanza era contenta. Sentivo che sorrideva.

Sull'acqua alta a Venezia si scrivono tantissime cretinate e vengono diffuse ad arte notizie completamente false e compagnia bella. Leggerete che piazza San Marco è allagata novanta giorni all'anno. Non è vero. Novanta ore al massimo. Perché nessuno dice che l'acqua alta, salvo quella del 1966, dura sì e no un'ora e in piazza non è quasi mai superiore a quindici o venti centimetri nelle zone più basse. E l'acqua non è fango, come nelle alluvioni, ma acqua salata, di mare, pulita, che al massimo, come ho detto, uccide i topi. Che mi venga un colpo.

Dieci

Questo non l'ho ancora detto. La storia del rumore che nella Stanza cambia continuamente.

C'è un ronzio di fondo sempre presente. È quello dei motori dell'aspirazione in funzione giorno e notte, e dell'aria condizionata e tutto quanto.

Poi il rumore della cucina, che è un misto di discorsi tra cuochi e sbattere di pentole, fa da sottofondo al chiasso principale dei clienti: discorsi, le risate, i commenti, perché chi è seduto lì dentro partecipa anche alla vita che si svolge tutto intorno.

La stanza è un'orchestra nella quale nessun orchestrale è protagonista.

C'è il direttore, però. Il suo mestiere è dirigere. La musica è la vita che scorre, le note sono i clienti che la compongono, nei giorni, nei mesi, in anni. Le note si sono accumulate nella somma di tutte le musiche.

Il legno d'abete sul quale un giorno mi sdraierò accompagnerà il silenzio come un buon lenzuolo di lino che ti scorta il sonno, avvolgendoti. Chiuderò gli occhi e non vedrò più la mia Stanza. Non sentirò il suo rumore. Sarò finalmente libero. Però nella mia libertà.

Il rumore dipende anche dalla luce. Quando sarò iscritto al Club non ci sarà luce, e qualche volta mi chiedo se questo rumore mi mancherà. Perché, anche se come socio mi piacerebbe essere seduto a fianco di Giunone, so che non succederà, e so anche che il silenzio sarà assoluto, molto più profondo di quello che puoi ascoltare in un grande prato coperto di neve in una notte d'inverno senza vento. Di più. Assoluto. Non ci saranno più orecchie per udire, perché i martelletti saranno fermi, non vedrò il suono della luce perché gli occhi saranno spenti, non riconoscerò alcun movimento perché i sensi saranno bloccati.

E Giunone non mi strizzerà un occhio invitante. Anche se mi piacerebbe.

Ma di una cosa sono certo. I milioni di pensieri di questi cinquantacinque anni, i miei e quelli degli altri, rimarranno per sempre nella Stanza sotto forma di una lievissima corrente d'aria che si insinuerà tra la tappezzeria e i mattoni invisibili dei muri. Tutti in buona compagnia. Mi dispiacerà un poco non esserci. Sarà il prezzo da pagare per la libertà e non potrò più portare neanche i miei vecchi pantaloni alla zuava.

Che mi venga un colpo.

Il mio Martini

Per amore dei miei lettori e per la loro felicità, ho deciso di dare la ricetta del dry Martini.

Il più semplice tra i cocktail, ma anche il più sofisticato.

Gli ingredienti sono:

il gin, che per me è il Gordon's, e il vermouth dry. Tra i vermouth secchi preferisco il Martini dry.

Le quantità per sei persone sono:

730 g di gin

20 g di vermouth dry.

La pentola di cottura è un buon freezer.

Per semplicità, d'ora in avanti chiamerò semplicemente Martini il cocktail Martini.

Cominciamo col dire che il Martini ha l'unico gusto secco che esista al mondo. Non è né dolce, né amaro, né aspro, né salato. È secco. Il Martini perciò dev'essere secco. La funzione del vermouth è solo quella di togliere il leggero gusto di ginepro del gin, ma non si deve mai sentirne la presenza.

Ecco qui spiegata la minima quantità di vermouth richiesta rispetto a quella del gin.

Un'altra caratteristica essenziale del Martini è che dev'essere bevuto ghiacciato.

Prima dell'invenzione del freezer, per la consolazione dei clienti c'era solo il ghiaccio. Il Martini mescolato con ghiaccio (mai shakerato!) era perciò freddo, anche freddissimo, ma non riusciva mai a essere veramente ghiacciato. Veniva servito in bicchieri a calice perché il gambo evitava che il calore delle dita scaldasse il liquido.

Dopo l'invenzione del freezer, il calice non è più necessario. Il bicchierino ideale è di forma cilindrica da 60 grammi.

Dopo l'esecuzione della ricetta, la bottiglia del gin va tenuta costantemente nel freezer.

I bicchierini anche.

Attenzione adesso!

Esecuzione della ricetta:

versare 20 grammi di vermouth nella bottiglia del gin (prima di metterla nel freezer). Ritapparla e farla girare un paio di volte. Poi riporla nel freezer. Quando è ben gelata, riempire fino all'orlo con questo gin corretto un bicchierino appena tolto dal freezer.

Il ghiaccio non serve perché contribuirebbe solo a diluire il nettare.

Bere subito in profonda concentrazione, con gli occhi chiusi, il primo sorso.

Starete degustando il miglior Martini della vostra vita.

Tutto il resto non conta. L'oliva, la cipollina, la buccia di limone, il lemon twist, non sono altro che scuse per far sembrare buono un Martini mediocre.

L'avvocato Agnelli lo voleva "metà gin e metà vodka e con una goccia di vermouth Stock", di cui era tra le altre cose il proprietario e che io non tenevo nella Stanza.

Ma il mio Martini anche senza lo Stock gli piaceva lo stesso.

Nella Stanza della mia piramide vorrei che mettessero sul comodino una bottiglia di Gordon's Gin e una di vermouth dry Martini. Magari una volta o l'altra le potrei dividere con Giunone. Che mi venga un colpo!

Indice

Varia Feltrinelli

Barbara Lanati, *Vita di Emily Dickinson. L'alfabeto dell'estasi*

Pierre Kalfon, Il Che. *Una leggenda del secolo.* Prefazione di Manuel Vàzquez Montalbàn

Lelio Basso, *Il Principe senza scettro.* Prefazione di StefanoRodotà

Carlo Feltrinelli, *Senior Service*

Sibilla Aleramo, *Dino Campana, Un viaggio chiamato amore. Lettere 1916-1918.* A cura di Bruna Conti

Daniel Pennac, Jacques Tardi, *Gli esuberati*

Tullio Kezich, Alessandra Levantesi, *Dino. De Laurentiis, la vita e i film*

Edward W. Said, *Sempre nel posto sbagliato. Autobiografia*

Alessandro Carrera, *La voce di Bob Dylan. Una spiegazione dell'America*

Peter Brook, *I fili del tempo. Memorie di una vita*

Tullio Kezich, *Federico. Fellini, la vita e i film*

Paolo Pejrone, *In giardino non si è mai soli. Diario di un giardiniere curioso.* Illustrazioni di Gionata Alfieri

Caetano Veloso, *Verità tropicale. Musica e rivoluzione nel mio Brasile*

Allan Bay, Cuochi *si diventa. Le ricette e i trucchi della buona cucina italiana di oggi*

Paolo Pejrone, *Il vero giardiniere non si arrende. Cronache di ordinaria pazienza.* Illustrazioni di Gionata Alfieri

Alejandro Jodorowsky, *La danza della realtà*

Giuseppe Cederna G., *Il grande viaggio*

Allan Bay, *Cuochi si diventa 2. Le ricette e i trucchi della buona cucina italiana di oggi*

Alessandro Baricco, *Omero, Iliade*

Erri De Luca, Gennaro Matino, *Mestieri all'aria aperta. Pastori e pescatori nell'Antico e nel Nuovo Testamento*

Tullio F. Altan, Roberto Piumini, *Roberto Piumini presenta la nuova Commedia di Dante illustrata da Francesco Altan*

Quirino Conti, *Mai il mondo saprà. Conversazioni sulla moda*

Marcello Flores, *Tutta la violenza di un secolo*

Bob Dylan, *Chronicles. Volume 1*

Anna Colombo, *Gli ebrei hanno sei dita. Una vita lunga un secolo*

Ernesto Ferrero, *I migliori anni della nostra vita*

Marcello Flores, (a cura di), *Storie*

Allan Bay, *Le ricette degli altri. Scorribande fra i piatti e i sapori di tutto il mondo*

Stefano Benni, *Misterioso. Omaggio a Thelonious Monk, al pianoforte Umberto Petrin*, dvd+libro

Raffaele Milani, *Il paesaggio è un'avventura. Invito al piacere di viaggiare e di guardare*

Beppe Grillo, *Tutto il Grillo che conta. Trent'anni di monologhi, polemiche, censure*

Meg Rosoff, *Come vivo ora*

Daniele Luttazzi, *Bollito misto con mostarda*, dvd+libro

Michele Serra, *Tutti i santi giorni*

Antonio Capitani, M. Grazia Parisi, *Il tuo segno, la tua salute. Conoscere *più a fondo il proprio segno zodiacale per stare meglio nel corpo e nella psiche*

Starnone, *Ex cattedra e altre storie di scuola*

Mario Sesti, *In quel film c'è un segreto. Raccontare al cinema, raccontare il cinema*

Ryszard Kapuściński, *Autoritratto di un reporter.* Cura e introduzione di Krystyna Strączek

Allan Bay, *77 ricette perfette. Spiegate per filo e per segno, nessuno può sbagliare*

Eva Cantarella, *L'amore è un dio. Il sesso e la polis*

Nora Ephron, *Il collo mi fa impazzire. Tormenti e beatitudini dell'essere donna*

Renata Broggini, *Passaggio in Svizzera*

Giuseppe Baresi, *Conversazioni sulle vie dei Tarocchi. Alejandro Jodorowsky "guaritore a teatro"*, dvd+libro

Fabio Levi, *In viaggio con Alex. La vita e gli incontri di Alexander Langer (1946-1995)*

Jerry Thomas, *Il manuale del vero gaudente ovvero Il grande libro dei drink* seguito da *Il manuale per la preparazione di liquori, cordiali e sciroppi di Christian Schultz. Ospiti d'eccezione Allan Bay e Roberto Mussapi*

Daniel Pennac, *L'avventura teatrale. Le mie italiane*

Camilla Baresani, Allan Bay, *La cena delle meraviglie*

Maurizio Maggiani, *Mi sono perso a Genova*

Khyentse Norbu, *Sei sicuro di non essere buddhista?*

Daniel Barenboim, *La musica sveglia il tempo.* A cura di Elena Cheah

Anne Marsella, *Per tutti i santi*

Giada Diano, *Io sono come Omero. Vita di Lawrence Ferlinghetti*

Giovanni Agosti, *Giovanni Frangi alle prese con la natura*

Alejandro Jodorowsky, *Cabaret mistico*

Paolo Villaggio, *Storia della libertà di pensiero*

Isabel Losada, *Uomini!*

Michele Serra, *Breviario comico (a perpetua memoria)*

Mara Chiaretti, *Siluro rosso. La straordinaria storia di Rubén Gallego*, dvd
+ libro

Erri De Luca, Gennaro Matino, *Almeno cinque*

Roberto Mussapi, *Volare*

Gian Piero Alloisio, Maurizio Maggiani, *Storia della meraviglia. 12 canzoni e 3 monologhi*

Daniel Barenboim, Patrice Chéreau, *Dialoghi su musica e teatro. Tristano e Isotta*. A cura di Gaston Fournier-Facio

Anna Negri, *Con un piede impigliato nella storia*

Elena Cheah, *Insieme. Voci della West-Eastern Divan Orchestra*. Introduzione di Daniel Barenboim

Eva Cantarella, *Dammi mille baci. Veri uomini e vere donne nell'Antica Roma*

Mimi Spencer, *101 cose da fare prima di mettersi a dieta*

Massimo Cirri, *A colloquio. Tutte le mattine al Centro di Salute Mentale*

Carola Susani, Elena Stancanelli, *Mamma o non mamma*

Albèrto Manguel, *Una storia della lettura*

Suad Amiry, *Murad Murad*

Lorenzo Arruga, *Il teatro d'opera italiano. Una storia*

Lang Lang (con David Ritz), *La mia storia*

Arrigo Cipriani, *Prigioniero di una stanza a Venezia*

Kremin-Buch · Strategisches Kostenmanagement